JN031945

ペニー・ジョーダン

1946年にイギリスのランカシャーに生まれ、10代で引っ越したチェシャーに生涯暮らした。学校を卒業して銀行に勤めていた頃に夫からタイプライターを贈られ、執筆をスタート。以前から大ファンだったハーレクインに原稿を送ったところ、1作目にして編集者の目に留まり、デビューが決まったという天性の作家だった。2011年12月、がんのため65歳の若さで生涯を閉じる。晩年は病にあっても果敢に執筆を続け、同年10月に書き上げた『純愛の城』が遺作となった。

◆主要登場人物

クロエ……………………………元ファッションモデル。
デレク・シンプソン……………クロエの同僚。
ルイーズ・シモンズ……………クロエが秘書をつとめる小説家。
レオン・ステファニデス………クロエの夫。ギリシアの船舶王。
マリサ……………………………レオンの異母妹。
アレクサンドロス・クリティコス……レオンの知人。
マダム・クリティコス…………アレクサンドロスの妻。
ニコス・クリティコス…………アレクサンドロスの息子。

危険な妹

ペニー・ジョーダン
常藤可子 訳

ハーレクイン
SP文庫

ISLAND OF THE DAWN

by Penny Jordan

Copyright © 1982 by Penny Jordan

All rights reserved including the right of reproduction in whole or in part in any form.
This edition is published by arrangement with Harlequin Enterprises ULC.

® and TM are trademarks owned and used by the trademark owner and/or its licensee.
Trademarks marked with ® are registered in Japan and in other countries.

All characters in this book are fictitious.
Any resemblance to actual persons, living or dead, is purely coincidental.

Published by Harlequin Japan,
a Division of K.K. HarperCollins Japan, 2024

1

ホテルに戻って、いずれデレクと顔を合わせなければならない。人影のない早朝のビーチで、クロエは美しい顔を曇らせた。この島へ来ればまちがいなくのんびり休暇が過ごせる。デレクにそのようなことを言われた時には、まさかベッドに誘われることになろうとは思いもしなかった。もちろん永遠にプラトニックな関係でいるつもりはない。かといって恋人どうしになる気でデレクと一緒に旅に出たわけでもない。クロエはそんなそぶりなど見せたつもりはなかった。

毎日顔を合わせている時には、お互い気心が知れているつもりでいたが、こうしてみると案外、人の心の中はわからないものだ。デレクとはこの一年半同じPR会社で働いてきた。彼は一度もいやらしいことを口にしたことはないし、頼りになる好ましい男性に思えた。だから休暇を一緒に過ごそうと誘われた時も、警戒などしなかった。ただ、行き先が苦い思い出のあるギリシアだと聞いて、いくぶんちゅうちょしないでもなかったが、美しいエーゲ海の景色に惹《ひ》かれ、結局簡単に承諾してしまった。今にして思えばそれが失敗のもとだった。

　クロエは顔を上げた。白いショートパンツの上に薄手のコットンのトップを着て、ビーチに腰を下ろした姿は絵になっている。時折細い腕を上げて目にかかった髪を払う。そうした何げないしぐさにも優雅さが満ちあふれていた。ゆうべ、デレクが妙な気を起こしたのは、もしかしたら肩まで下ろしたブロンドのせいかもしれないとクロエは思った。

　苦笑してホテルの方へゆっくり歩きだしたクロエに、ビーチに出てきた客がひとりふたりと足を止めては会釈する。昨日着いたばかりだというのに、クロエのしとやかな身のこなしと、際立ったスタイルのよさはもう注目の的になっていた。かつてパリでモデルをしていたクロエは、見られることには慣れている。でも今の体型ではもうムッシュ・ルネのモデルはつとまらないだろうと、クロエは内心残念に思った。脚とウエストはモデル時代と変わらぬ細さだが、十八歳のころには平らだった胸と腰は、魅力的な丸みを帯びている。

　ロビーの天井には映画に出てくるような、昔懐かしい大きな扇風機が回っている。今まで泊まったうちでもっとも由緒ありそうなホテルだ。本当は普通のホテルでよかったのだが、クロエはデレクの選択に素直に従った。静かに休暇を過ごせるなら、少しぐらい余分にお金を払ってもかまわない。それが彼の言い分だった。

　トス島唯一のこのホテルは、こぢんまりとしていて、今風のただのコンクリートの塊のようなホテルとちがい、趣のある造りになっている。それでいて休暇を楽しみにやってくる客たちの要望に応《こた》えうる設備はすべて備わっていた。予約が絶えないというのも無理はない。こんなすばらしいホテルを持っている人はいったいどんな人だろう？　さぞ大金持にちがいない。フロントで、預けた鍵《かぎ》を受け取りながらクロエはふと思った。

それはそうと、デレクに電話をしたほうがいいかしら？　いったん自分の部屋へ戻って。それとも直接彼の部屋へ行く？　どちらにするべきか、クロエはなかなか心が決まらなかった。

正直なクロエは人もそうだと思い込んでいるところが多分にあり、そのために何度も痛い目にあってきた。考えてみれば、今回のデレクとのこともそうだ。まじめな彼にまさか下心があろうとは思ってもいなかった。旅先でこんないやな思いをするのなら、いっそのこと旅に出る前に、ベッドをともにするつもりはないとはっきり断っておけばよかったかもしれない。

〝ヴァージンじゃあるまいし〟ゆうべ誘いをはねつけたクロエに、デレクはそんな捨てぜりふを残して自分の部屋へ消えていった。私に夢中になると、男たちはなぜみな一様に、ベッドをともにする権利があるかのように言い寄ってくるのかしら。クロエは苦々しく思いながら眉を寄せた。

カウンターの陰に隠れるようにしながら、まだ幼顔の残るギリシア人のフロント係が、うっとりした表情でクロエを見つめていた。ブロンドは浜辺の美しい白い砂のように輝き、瞳は日が沈む寸前の海面と同じアメジスト色をしている。クロエは胸もとに注がれたフロント係の視線に気づいて、きっと見つめ返した。まったくデレクといいこのフロント係といい、どうして男はみんなこうなのかしら。そういえばあの男《ひと》……。クロエは心に浮かんだその男の影をあわてて振り払った。

〝クロエ、デレクと一緒に旅行なんかしないほうがいいんじゃないの。きっと後で悔やむことになるわよ〟フロントからデレクに電話を入れることに決め、カウンターの上の電話に手を伸ばしたクロエの耳に、ルームメイトのヒラリーの言葉がよみがえった。私はなぜ彼女の忠告に素直に耳を傾けなかったのだろう。後悔先に立たずだわ。

あの時の私は忙しい仕事で心身ともに疲れ果てていた。とにかく休暇を取りたい、旅に出たい。それしか頭になくて、ほかのことを考えるゆとりなどなかった。というより、本当は考えたくなかったのかもしれない。それに、ひとり旅とみると男たちがすぐ言い寄ってくるのがいやで、デレクと一緒ならばそういうわずらわしさから逃れられるという思いが心のどこかにあったことも事実だ。だから、デレクとはただの友だちだから心配ないと、一笑に付するようにしてヒラリーの忠告をはねつけてしまった。それにしても、もしもヒラリーに結婚話が持ち上がらなければ、彼女とふたりで旅行できたはずなのに……。二十三歳。友だちには嫁いでいる子も多い。それにひきかえ、この私は……。思わず苦い過去を振り返りそうになった自分をあわてて制すると、クロエは震える指でデレクの部屋に電話をかけた。

何回呼んでも応答がない。おかしいわ。もしかしたら、朝食をとりにもう階下《した》へ下りてきているのかもしれない。クロエはあきらめて受話器を置いた。

「何かお困りですか?」フロント係がおずおず話しかけてきた。ギリシア人特有の端整な顔だち。日焼けした顔にまっ白な歯が印象的だ。

「ミスター・シンプソンはお部屋にいないようだけれど、ひとりでお食事に行ったのかしら?」

フロント係は眉を寄せ、首を激しく振ってみせた。「シンプソンさまなら今朝早くお発《た》ちになられました。ほら、このとおり」

キャビネットから取り出した鍵を見せられても、クロエは信じられなかった。まちがいなくデレクの部屋の鍵だが、たぶん散歩にでも出たのを発ったと勘ちがいしているのだろう。

「発つはずはないわ。私たち、昨日着いたばかりですもの。あなたの勘ちがいではなくて?」

「いいえ。確かにお発ちになりました。今朝早くここへ来られて、私どもでお預かりしていました貴重品袋を出すように言われ、その後、ピレエフス行きの船は何時に出るかとおききになられました。私がお教えすると、すぐお部屋から荷物を取ってくるように言われました」フロント係はまっすぐクロエの目を見て言った。

ゆうべ言い合ったぐらいで、こんなことまでしなくてもよさそうなのに。ぴしりと拒まれて、いくら悔しかったにせよ、することがあまりにも子供じみている。私はデレクのことを買いかぶりすぎていたようだ。

ちょっと待って……。考えてみると、デレクが私に断りなしに発てるわけはないわ。貴重品袋の中には、彼のと一緒に私のパスポートとトラベラーズチェックも入れてあったのだもの。やはりフロント係の思いちがいよ。クロエは少し落ち着きを取り戻した。が、それもつかのま、パニックに襲われた。まさか……私のパスポートとトラベラーズチェックを持っていってしまったなどということはないでしょうね。クロエははっと息をのんだ。

見る間に青ざめていくクロエのただならぬ様子に、フロント係は急いでどこかへ行くと、すぐに小ぶとりの中年の男性を連れて戻ってきた。

「お客さま、私は当ホテルの支配人でございます。お連れさまが急にお発ちになられてお困りのご様子だと、ただ今このステファノスから聞いたところでございますが……」

「彼は本当にここを発ったんですか?」込み合うロビーを抜け、支配人のオフィスに案内されながら、クロエは真剣な表情で尋ねた。こぢんまりしたオフィス。タイル張りの床の上には重々しい家具が置かれていた。この部屋には、思い出したくない過去につながりそうな、なんとも言いようのない雰囲気があって、居心地が悪い。しかし今はそんなことを言っている場合ではなかった。デレクの不可解な行動を究明しなくてはならない。

「はい。お気の毒ですが、シンプソンさまは確かにお発ちになられました」支配人の目の端に詮索《せんさく》好きな表情が見え隠れしている。「どうぞおかけください。何かお飲みになりますか？　朝早くから日に当たられてのどが渇いておいででしょう？　ご気分は悪くありませんか？　強い日差しは慣れないかたには毒ですから」

「いいえ。それよりも、彼から何か預かっていませんか？　包みとかメモとか」すでに観念していたが、クロエは一応きいてみた。

「そうですね、少々お待ちください。フロントへ行って確かめてまいりますから」支配人は恭しく言って出ていった。

クロエは部屋の中をゆっくり見回した。エレガントでぜいたくな造り。何かははっきりわからないが、この部屋にはクロエを戦慄《せんりつ》させるものがある。

やがてドアが開き支配人の顔を見た瞬間、クロエは彼の答えがわかった。案の定、デレクはパスポートとトラベラーズチェックを持ち去っていた。デレクと別々に預けておけばこんなことにならずにすんだのに。どうして言われるままに彼にパスポートを渡してしまったのだろう。今になっては悔やんでも、もう後の祭りだった。

クロエはふと手もとに目を落とした。いつのまにか右の手で左の薬指を握っている。こういうしぐさをするようになったのは、その指から結婚指輪をはずしてからで、以来困った時に出る癖になっていた。

　これでふたりの身も心も永遠に結ばれた。あの指輪をはめてもらった時、固く信じた自分だった。しかし、もしもあの時、男性というものは信用できないものだということを知っていたなら、後になってあれほど深く傷つくことはなかっただろうに……。それに、こうしてデレクにパスポートを取られ、手持ちの現金はハンドバッグに入ったわずか十ポンドだけという情けない状態で、ギリシアの離れ小島にひとり取り残されることもなかったはずだ。

　それはそうと、どうしたらいいのかしら？　とりあえずイギリス領事館に連絡するといっても、観光案内所すらあるかどうかわからないこの島に、イギリス領事館があるとは思えない。パッケージツアーで来たのならコンダクターに相談もできるが、それもできない。どう対処しようにも、この島もホテルも小さすぎる。

「あのおかたはフィアンセではなかったんですか？」クロエが差し障りのない程度に事情を説明すると、支配人は勘ぐるように言って目を光らせた。

「ええ、単なる友人です。それ以上の間柄ではありません。それにしてもとんでもないお友だちを持ってしまったものだわ」クロエは苦笑してみせた。

「ひとりの悪友は千人の敵より危険ですからね」支配人はわけ知り顔で言った。「さて、この島から出るにはパスポートはいりませんが、出国となるとそうはいきません。早速、私どものアテネの本社へ連絡をして、どうするべきかきくことにいたしましょう。とりあえず、この書類に記入しておいてください。お願いいたします」支配人は席を立った。

手渡された書類にはこまごまとした項目が並んでいる。支配人の説明では、通常観光客が持ち物を紛失した時に提出するものだそうだ。すらすら書き進むうち、やがて婚姻の項にきて、クロエは一瞬ペンを止めた。そしてすばやく〝別居中〟と記入し、ていねいに紙を折った。

戻ってきた支配人は朝食を勧めたが、クロエは食欲がわかず断った。そして再びビーチへ出た。

大勢の人を避けて入江の端まで来ると、ホテルの建物はほとんど見えない。クロエは腰を下ろし、ひざの上にあごをのせ、目の前に広がるまっ青な海を見つめた。ギリシアになど来てはいけなかったのだわ……。この二年間、心の奥に閉じ込めてあった苦い思い出が波とともに押し寄せてきた。ここはトスであってロードスではないし、デレクもレオンではない。けれども、ゆうべデレクに強引にキスされそうになった瞬間、レオンとの日々がすばやく心をよぎった……。

クロエがレオン・ステファニデスと出会ったのは二十歳《はたち》の時だった。華やかなパリで三年間モデルをしていたとはいえ、雇い主のムッシュ・ルネの知り合いの家に預けられて、クロエは修道女のような毎日を送っていた。早く靴を脱ぎ捨てたい。ゆっくりとくつろぎたい。一日十時間もモデルをして帰ってくると、疲れ果てていてそんなことしか頭になかった。ところが、レオンが出現するやいなや、クロエの生活は一変した。若い苗木が太陽に向かってまっすぐ伸びていくように、クロエはレオンにぐいぐい惹かれていった。

そしてプロポーズ。クロエは有頂天だった。ギリシアの若き船舶王レオン・ステファニデスとの結婚式は、それにふさわしく豪華で大がかりなものだった。パリへ駆けつけてきた両親は、話があまりにも急すぎると心配したが、クロエはまったく取りあわなかった。心からレオンのことを愛していたし、レオンも自分を愛していると信じきっていたからだ。今にして思えばずいぶん間の抜けた話だ。式を挙げる前に、なぜ一度冷静になって考えてみなかったのだろう？　富も名誉もあるレオンが、なぜギリシアの慣習どおり見合い結婚をしなかったのか。ギリシアきっての名門の令嬢を妻に迎えることもできただろうに、なぜイギリス人のクロエを選んだのか……。クロエは何も考えなかった。それはレオンにすっかり夢中になっていたからだ。当時、レオンは三十歳。恋愛経験を豊富に積んだ彼のテクニックに、純情なクロエはたちどころに魂を奪われてしまっていた。

リヴィエラで過ごしたひと月間のハネムーンは、クロエが夢見ていた以上に甘美で、そして激しい情熱の日々だった。その間、一度として夫の愛情を疑うようなこともなかったし、自分が夫にとって最愛の存在であることを、新妻クロエは全身で信じていた。それが、後になってすべて思いちがいであったことに気づくことになろうとは、夢にも思っていなかった……。

「お客さま」クロエを捜しにやってきたボーイの突然の声で、クロエは現実に引き戻された。「よろしければホテルへお戻りいただけませんでしょうか。支配人がお話し申し上げたいことがあるそうですので」ボーイが恭しく言うと、クロエはゆっくり立ち上がった。

いわゆる正統派の美人ではないが、クロエのすんなり伸びた体と濃いアメジスト色の瞳、そしてまばゆいばかりのブロンドは、男たち、特に、ギリシアの男たちの目を引きつけて離さなかった。

きみは海の精《ニンフ》だ。透き通るように白い肌は極上のパール、そして輝く髪は月の光に洗われた砂のようだ……。かつてレオンにささやかれて、クロエの心はとろけてしまった。その甘い言葉が、ある事実からクロエの目をそらすための策略のひとつだったとも知らないで……。ある事実、それは思い出すのもおぞましい黒い秘密。クロエはそれを、死ぬまで心の奥に封じ込めておくつもりでいた。

ボーイの後についてホテルへ戻ったクロエを、支配人は笑顔で出迎え、再びオフィスへ招き入れた。「アテネの本社に電話を入れましたら、幸いなことに重役と話ができましてね。状況を説明しましたところ、最善を尽くして対処すると約束してくれました」

クロエは笑顔でうなずいて立ち上がった。支配人の言葉どおり、うまくいきますように。今はそう念ずるほかはなかった。

「さあ、どうぞ安心して休暇をお楽しみください。アテネから連絡が入りしだいお伝えしますから」支配人はほほ笑んでみせた。

一応安心したことはしたが、部屋に帰ってよく考えてみると、状況はさほど変わっていない。ホテル代はイギリスを出る前に払い込んできたし、こんな小さな島では大金を使うところもないが、やはり十ポンドきりしか持たずに外国にひとりというのは、あまりにも心細かった。

夕刻、クロエは少し遅れて食事に下りた。そのためにダイニングルームはほぼ満席で、サリーからやってきた中年の夫婦と相席になった。エヴァンスと名乗った夫婦はそろって気さくで、目下トスでの二度目の休暇を満喫している最中だと、陽気に語った。クロエがひとりきりなのを、ふたりともことさらおかしいとは思っていない様子だ。

「まったくもってギリシアの大金持はうらやましいですな。こういう島を個人で持っているんですからね。これぞまさしく男のロマンですよ、特にイギリス人にとってはね」コーヒーカップを片手に、リチャード・エヴァンスはため息をついた。

クロエも同感だった。そういえば、小さいころ、エニッド・ブライトンの冒険小説を読んで、小さな島を持っている自分と同い年ぐらいの主人公の少女に強いあこがれを抱いていた時期があった。懐かしい子供時代のことをひとつ、またひとつと楽しく回想しはじめて、突然支配人が現れるまで、クロエはパスポートやトラベラーズチェックのことを忘れていた。

「何か連絡が入りました？」もしかしたらデレクが思い直して空港かどこかにパスポートを預けておいてくれたのかもしれない。クロエは内心かすかな望みを抱いた。

「これからアテネへ行っていただきます。準備はすべて整っておりますので。この島からヘリコプターでアテネへおいでいただき、そこで……」

「今から？　アテネへですって？」昨日ピレエフスの港からここまで来た時の長い道のりを思い浮かべ、クロエは思わず顔をしかめた。

「はい。どうしても今夜じゅうにアテネまでご足労願わなければなりません。パスポートの紛失は重大なことですし、ほかにも提出していただく書類もございますので」支配人は諭すように言った。

　確かに彼の言うとおりだ。しかも自分のパスポートは紛失したのではなく盗まれたのだ。クロエはしぶしぶうなずいた。ところで、アテネにはどのくらいいることになるのだろうか。何を持っていけばいいのだろう。着替えの服は一着で足りるかしら……？　クロエはすばやく考えを巡らせた。

「今夜はアテネにある私どもの提携ホテルにお泊まりいただき、明朝に役所へご案内いたします」

「それはどうもご親切に」クロエは笑顔で礼を言った。

十五分後、クロエは支配人と一緒にホテルの裏手にあるヘリポートにいた。ヘリコプターに乗るのは生まれて初めてだ。

「乗り心地はなかなか快適ですし、第一、時間が節約できます。私どもの重役も、島から島へホテルを見て回るのにいつもヘリコプターを使っています」支配人は緊張ぎみのクロエの気持を懸命にほぐそうとした。

確かに時間は節約できる。うまくいけば、パスポートの件を片づけて、明日じゅうにこの島へ戻ってこられるかもしれない。円滑にことが運び、時間の余裕があれば、念のためにイギリス大使館へも行っておこう。状況だけは説明しておいたほうがよさそうだ。でも、くれぐれも言葉に気をつけなければ。デレクのしたことは許せないが、彼を犯罪者にはしたくなかった。

クロエが席に着いたのを確認すると、パイロットはすぐにヘリコプターを離陸させた。話しかけようにも、プロペラの音が大きくて自分の声さえ聞こえそうもない。やがて眼下に、漁船の灯が海面にこぼれた星くずのように光って見えた。

クロエはアテネまでの所要時間を聞かされていなかった。しかし、もうそろそろアテネに着いてもよさそうだ。いくつも島の上を通り過ぎたというのに、いっこうに陸地は見えてこない。

突然、ヘリコプターが高度を下げ始めた。やっとアテネの空港に着いたらしい。クロエはほっとして下を見た。ところがどうしたことだろう。国際空港のまばゆい照明灯の明かりを期待していたクロエの目に映ったのは、暗紫色の空に向かって放たれたサーチライトの一条の光だけだった。

ほどなく、ヘリコプターは鈍い音をたてて着陸した。ここはアテネではない……とするといったいどこかしら？　クロエは不安に駆られ、パイロットの横顔を見つめた。しかし彼は無言のままドアを開け、そそくさと闇《やみ》の中へ姿を消してしまった。半開きのドアから、かすかにタイムの香りのするそよ風が入ってくる。遠くで男たちがギリシア語で話す声がする。クロエは急に怖くなって、ドアを押し開けるとやみくもに飛び降りた。もしもその時いかつい手に支えられなければ、転んでけがをしていたかもしれない。

「こちらへどうぞ」そっけなくその手の男が言った。

クロエは狭い上り坂を歩かされた。ここはどこなの？　尋ねたくてもこう先を急がされたのでは歩くだけで精いっぱいだ。そのまましばらく行ったところで、ふと後ろを振り返ったクロエは信じられない光景を目にした。プロペラが回っている。からになったはずのヘリコプターのプロペラが、勢いよく回転しだしていた。

「いったいこれはどういうことなの？」動揺を悟られまいとして、クロエは落ち着き払ってきいた。しかし男は、クロエの腕をつかんだ手にさらに力をこめただけで、ひと言も発することなくひたすら歩き続けた。

急に道が行き止まりになって、パティオの前に出た。ガラス窓からもれた光が、庭とその向こうにある大きなプールを照らしている。屋敷は少々荒れた感じはするが、どうみても貧しい家には見えない。

パティオの向こうで人影が動き、目を凝らしたクロエの方にゆっくりと近づいてきた。肩幅の広い大きな男の影。冷たいものが背すじを走り、クロエのいつもの冷静さは一瞬のうちにどこかへ吹き飛んだ。

「いったいここはどこなの?」クロエが恐る恐るきくと、いかつい手が離れクロエの腕は自由になった。が、全身は恐怖のあまりこわばっていた。

「ここかい? ここはエオス島、別名〝夜明けの島〟さ。なぜきみがここにいるのか、それはクロエ、きみがよく知っているはずだ」冷ややかな声が闇の中に響いた。

レオン! 人の意表をついた、いかにも策略家のレオンらしいやりくちだ。でも今の私はもう結婚当初の私とはちがう。もう決してだまされないわ。心の中でつぶやくと、クロエはわずかに動いた。レオンもそれにつれて体の向きを変えた。すると窓からの光にレオンの顔がくっきり浮かび上がった。いくぶん険しさは増したが、別れた時とほとんど変わっていない。

彫りの深いマスク、何代か前に混ざったイギリス人の血を引いたグレーの瞳、長いまつげ、そしてセクシーな口もと。ハンサムな仮面の下には醜い素顔が隠されている。決して気を許してはならない。

「答えを知っているですって？」クロエはおもむろに眉を寄せてみせた。こんなことをして、レオンのねらいはいったい何なのだろう？　彼が再び何をもくろみ何をしようと、今度は決して動じてはならない。かつておぞましいもくろみのために、純情な私を平然とあざむき、いやしがたい傷を負わせた冷血漢なのだから。「私と離婚したいんでしょう？　けっこうよ。いつまでもつまらないお芝居につき合わされるのはごめんだわ」自分でも意外なほどことなげにクロエは言った。

「ああ、ぼくもまったく同感だ。だがクロエ、離婚するためなら、わざわざこんな面倒なことをする必要があると思うかい？」

クロエははっとして乾いた唇をなめた。うまく切り抜けられるつもりでいた自信が崩れ始めた。「あなたはいったい何を望んでいるの？」

「きみだよ、クロエ。きみが欲しいんだ。当然だろう？　きみはぼくの妻なんだから」レオンは穏やかに言った。クロエは一瞬耳を疑ったが聞きちがいではなかった。「ギリシア人は決して妻の身勝手は許さない。こうして強引にきみを連れ戻したのは、ぼくの体面も考えず、勝手に家を出ていったことに対する罰だ。途中で投げ出した妻の役目をもう一度果たしてもらうよ」グレーの瞳が不気味に光った。

クロエは顔をそむけたが、手首をつかまれ、レオンの胸に引き寄せられた。怒りがこみ上げたのか、彼の胸の鼓動は激しくなっていた。

「うまくやったつもりでいたんだろうが、あいにくだったな。きちんと償いはしてもらうよ。どうやらきみは、自分の夫がギリシア人だということを忘れていたようだ。ギリシア人は受けた侮辱は決して忘れないし許さない。いいかい、クロエ、しっかり肝に銘じておくんだな」

「私はあなたのところへなんか戻りません！」

「いや、戻る。そしてきみはぼくの息子を産むんだ。わざと流産して死なせた子供の代わりにね」クロエの前に立ちはだかったレオンの頬に、残忍な笑みが浮かんだ。

なんですって……。クロエは気が遠くなった。そして薄れていく意識の中で何度も自分の叫び声を聞いたような気がした。まもなく、クロエは気を失って倒れてしまった。

2

「奥さまはお疲れなんですから、やすませて差し上げなくては」

近くで誰かの声がして、クロエは目を覚ました。かすかにフランスなまりがあったような気がする。クロエは一瞬、青春時代を過ごしたパリにいるような錯覚に陥ったが、すぐに自分の居場所を思い出した。それにどうしてここにいるのかも……。

クロエは、はじかれたように飛び起きた。特大のベッドも目立たぬほどに広い部屋。ロンドンのフラットのゆうに二倍はありそうだ。

室内は淡いグリーンとシルバーでまとめられている。人魚の色。懐かしい言葉がひとりでに口をついて出た。ハネムーン中、サントロペで買ってくれたネグリジェの色を、レオンはそう呼んだ。レオン……。クロエは急に波立った心を静めるために、固く目を閉じた。ほどなく、ふと目を開けると、よくふとった小柄な女性がベッドのわきに心配顔で立っていた。

「ジーナ、あなたはだんなさまに言われたことを忘れたの？　奥さまをそっと寝かせておいてあげるようにと、あれほど厳しく言われていたのに。あなたがごそごそ音をたてるから、目を覚ましておしまいになったじゃないの！」彼女は朝食ののったお盆を持って控えている少女をしかりつけた。

「いいのよ、心配しないで。あなたが悪いわけではないわ。さあ、そのお盆を置いてお下がりなさい」今にも泣きだしそうな少女に、クロエは優しくほほ笑んでみせた。

ひとりになったクロエの脳裏に、ゆうべのできごとがよみがえった。自分に向けたレオンのあの表情。クロエは思わず身震いした。今回のことは夫の体面を汚したことに対する罰だと、レオンははっきり言った。さらに、クロエに跡とり息子を産ませるとも……。クロエは震える指先でお盆を押しのけ、ベッドを下りると窓辺へ寄った。大きな窓はまだカーテンが閉まったままだ。

クロエは急にヒステリックな気分になった。私をこんなところへ連れてきて！　レオンはまだ私をだますことができる気でいるのかしら……。

「クロエ？」

思いがけないレオンの声にクロエは息が止まりそうになりながら後ろを振り向いた。いつ入ってきたのだろう。不覚にもまったく気づかなかった。薄いネグリジェ一枚。これでは体だけでなく不安でいっぱいの心の中まで見透《ぬ》かされてしまいそうだ。レオンのほうはビジネススーツに身をかためている。黒い髪が濡れているところをみると、シャワーから出てきたばかりかもしれない。一瞬、レオンと一緒にシャワーを浴びた時のことを思い出したクロエの背中を、甘い衝撃が走った。クロエは戸惑いを必死にこらえながら、レオンの目をじっと見つめて嘆願した。

「レオン、私をここから出して。ずっと閉じ込めておく気なの？　そんな意味のないことをどうしてするのか、私にはまったくわからないわ」

「わからないだって？　ゆうべあれほどやさしく説明したのに、ぼくの意図がわからないとはあきれた鈍さだ」ちらりとベッドを見やったクロエの視線を追いながら、レオンは乾いた声で笑った。「クロエ、まあいいだろう、わからなくても。ゆうべは執行猶予だったからな。すぐにこの腕の中でいやというほどわからせてやるさ。そうそう、念のために言っておくが、ゆうべのようにヴィクトリア朝のヒロインみたいに気絶したって二度は通用しないからな」

「あなた、本気で私に……」急に胸が苦しくなってクロエは言葉をのんだ。この島にいるのはレオンと彼の使用人だけだということはわかっている。だが、まさかこうもあからさまに横暴な態度に出てこようとは思っていなかった。「そんなこと、絶対にさせないわ。法律違反よ」クロエは夢中で抗議した。

「ほう、夫が妻を抱くことがかい？　クロエ、少なくともギリシアにはそんなばかげた法律はないよ。そうでなくても、友人たちはぼくのやりかたが手ぬるいと思っているにちがいない。きみはぼくを捨てて逃げ出し、ぼくの顔に泥を塗った。おかげで、妻ひとりに手こずっているような男によくも大会社の経営ができるものだと、さんざん皮肉を言われたよ。クロエ、言っておくが、ここエオスではぼくの言葉が法律だ。トスに来たのがきみの運の尽きさ。かなり長い間、きみをギリシアへ連れ戻す妙案はないものかと頭をひねりどおしだった。だがまさかこうして、きみの意思で戻ってきたようなかたちで連れ戻せるとはね、まったく予想外のできだ」

「ということは、つまり……？」

「つまり、ぼくがきみの友だちにきみをだますように頼んだのか、だろう？　きみは相変わらず人を見る目がないな。かわいそうに、もともとあの男はきみに対して薄っぺらな友情しか持っていなかったのさ。だがよかったじゃないか、その程度の男だったということがはっきりわかって。それともあの男はきみのたったひとりの恋人だったのかい？」レオンは笑った。

　クロエはもう少しで本当のことを話しそうになって、あわてて口をつぐんだ。レオンのもとを去って以来、恋人などひとりもいなかったとは言いたくない。それにしても、あのデレクがレオンの協力者だったとは……。

「しようと思えばイギリス国内できみを誘拐することもできた。しかし、こっちのほうがずっと楽だったからね」レオンはクロエの心の内を探るように、ゆっくりと言った。「きみは簡単に考えて家を出ていったのだろうが、ギリシアでは妻が夫のもとを去るということはたいそう重大なことだ。夫にしてみればぬぐいがたい汚点だからね」

「どうすれば気がすむの？　あなたのお友だちひとりひとりにあなたはすばらしい主人だと言って回ればいいのかしら？　でもレオン、おあいにくさまだけれど、私は早々にここを出ていくわ。たとえ世間体を取りつくろって、私を無理やりあなたのそばに置いたとしても、誰の目にも私たちが仲直りしたようには映らないと思うの。それに、私があなたの子供を身ごもるなどということは、無理やり、そう、レイプでもされないかぎりありえないわ。私にはあなたは必要ないし、ましてあなたの子供など欲しくないの」

「きみという女は……」険悪な表情。クロエはなぐられると思い身を硬くしたが、レオンは上げかけた手をすぐに下ろした。

クロエはむかつきを覚えた。こらえにこらえてきた怒りが一気にこみ上げてくる。

レオンが近づいてきた。そしていきなり腕をつかむと、明るいところへ引きずるようにして連れていき、ネグリジェの下の素肌に視線をはわせた。

「ゆうべはメイドたちがきみを着替えさせてここに寝かせた。彼女たちは単純に、別居していたきみが戻ってきたと思っているからそのつもりで。今夜からずっと、きみがぼくの息子を身ごもるまで、これがぼくたちふたりのベッドだ。クロエ、きみのパスポートはぼくが預かっている。つまり、この島にいようとアテネのまんなかにいようと、きみは囚《とら》われの身だということさ」

レオンの言うとおりだ。クロエは悔し涙がこみ上げてきた。「マリサはなんと言っていて？　あなたが父親になるつもりなのを、彼女が黙って見過ごすとは思えないけれど。それとも、もしかしたらあなたは、私が流産したのは彼女のせいだったということを忘れてしまっているのかしら？」

今度は容赦なくレオンの手がクロエの頬を打った。クロエはよろめいた。痛みよりショックのほうが大きかった。

「二度とそんなことを言ったら承知しないぞ。いいか、わかったな。マリサは……」レオンの声はしわがれていた。

レオンの言葉が終わらぬうちに、ドアが勢いよく開き、マリサが入ってきた。

「レオン、彼女はいったいここで何をしているの？」マリサはきつい目でクロエを見た。長く伸ばした爪に深紅のマニキュア。同じ色の紅をさした唇が艶《つや》めいている。

母親はちがうが大切な妹だからよろしく頼む。三年前、レオンにマリサを紹介された時、彼女は体ばかり大人びた、まだどことなく幼さの残った内気な感じの娘に見えた。クロエはこの義理の妹と仲よくやっていきたいと思っていたし、義姉《あね》としての愛情を注ぐつもりでいた。ところが実際はとんでもない娘だったのだ。クロエは無意識に両手を下腹部にあてがった。そしてじきに、もはやそこには守るべき小さな生命はなかったことを思い出した。

「ねえ、答えてよ、レオン。この女《ひと》ここで何をしてるの？」クロエのしぐさを意地の悪い目で追っていたマリサは甘い声で言った。

レオンはクロエのウエストに回していた腕に力をこめた。髪に温かい息がかかる。クロエは逆にうそ寒さを感じて顔をそむけた。マリサは、私がエオスに連れてこられた本当のわけをまだ知らないにちがいない。おそらく、クロエと結婚生活を再開するのはマリサを守るためだとしか聞かされていないのだろう。マリサ本人は人の口を気にするような娘ではない。たとえ陰で何を言われようと、平然とレオンとの関係を続けるだろう。実際、そうすると、クロエに明言したことがあるくらいだ。しかし、レオンはあくまでも世間体を気にし、体面を重んじる。だからこそ、世間の目を欺くために、妻を迎えたのだ。そして、夫に秘密があろうなどと夢にも思わないような、純真で柔順なクロエは、レオンが望んでいたとおりの妻だった。嫉妬《しっと》に狂ったマリサがクロエに真実をつきつけるまでは……。

「マリサ、なぜかだって？　それはむろん必要だからさ」これ以上質問は許さないといった言いかただった。むっとした表情のマリサ。黒い瞳に怒りが見える。「そうだね、クロエ？」

今にもレオンと唇が触れそうになって、クロエは思わず身を硬くした。レオンの目が光った。クロエの動揺を見抜いたにちがいない。レオンはすかさずクロエを抱き寄せた。ぴたりと、どこにもすき間のないほどに……。やがて、薄いネグリジェを通してレオンの熱いたかまりが伝わってきた。長い間別居していて、心はとうにさめているはずなのに、体は……。背中を滑るレオンの指先を意識しながら、クロエはあらためて自分の弱さを知った思いだった。

クロエは目を閉じ、しばらくの間苦い思いを噛《か》みしめていた。そして再び目を開くと、レオンがじっと自分を見つめている。キスされる。クロエは一瞬そう思った。が、レオンは彼女の髪をそっと耳の後ろへ回した。クロエの心に、ハネムーンの朝がよみがえった。レオンの口づけで目覚めた優しい朝。口づけはきまって耳の後ろから首すじ、そして胸へ。歓《よろこ》びのあまりレオンの黒い髪を夢中でまさぐった、幸せな朝だった……。

ドアが乱暴に閉まる音がして、クロエははっとしてわれに返った。ちょうどレオンとマリサとの秘密を知った時のショックを思い返して、甘い気分に浸りかけていた自分を戒めようとしていた時だった。

マリサが出ていきふたりきりになると、レオンは急に手を放し、嘲《あざけ》るようにクロエのうるんだ瞳をのぞき込んだ。「クロエ、きみはまだぼくの妻だ。そしてギリシアではいまだに妻は夫の所有物だから、妻に何をしようと夫の自由というわけだ」

「あなたが何をしたいかはわかっているわ。私に子供を産ませたいんでしょう？　でもレオン、なぜなの？」

レオンは肩をすくめた。「男なら誰でも自分の跡を継ぐ息子が欲しいと思うんじゃないかい？　子孫を増やす、それは自然の摂理だ。それに、ぼくには自分の財産を引き継ぐ分身がどうしても必要なのさ。だから、ぼくの妻であるきみに……」

「やめて、その話は聞きたくないわ！　なぜあなたが私を妻にしたのか、その本当の理由はお互いよく承知しているはずじゃないの？」

その時、ゆうべクロエをヘリコプターから案内してきた男がドアをノックした。ちょうどレオンがドアを開けかけたところだった。レオンはすばやく自分の体でネグリジェ姿のクロエを隠した。見るからに忠実そうな男は、ニューヨークから電話が入ったことを告げると下がっていった。

「逃げようとしてもむだだよ。きみがこの島を出るには泳ぐしか手はないし、第一、パスポートはぼくが握っているんだからね」レオンは悠然と言い残して出ていった。

十分後、クロエはシャワーを浴びていた。バスルームは寝室と同じ配色で、床に埋め込まれた大きな円形の浴槽の周囲は淡いグリーンの大理石だった。クロエはシルバーグレーのタオルに手を伸ばしながら、ふと鏡に映った自分の体に目をとめた。腕にうっすらレオンの指の跡が残っている。それを見ても自分がエオスにいることがいまだに信じられない。だが、私は明らかに囚われの身……。クロエは開けたままのドアの向こうに見える大きなベッドに目をやった。レオンとのベッド……。今しがたレオンの腕の中で感じた甘美なときめきを思うと、いとも簡単に体が心を裏切りそうで怖かった。

女は決して初恋の人を忘れない。どこかで読んだことがあるが、確かにそのとおりだ。レオンに少しでも触れられると、あたかも暗証番号を押されたように、体が即座に応《こた》えてしまう。クロエはそういう自分が哀《かな》しかった。

クロエはアテネで着るつもりだった服に着替えた。そうすることで自分の意思を再確認したかった。肉体の誘惑に負けてはならない。この二年間、私は立派に誘惑に打ち勝ってこられたではないか。それに、かつてレオンに対して抱いていた愛は消えた。今は彼の突然の揺さぶりに反応しているにすぎない。

レオンは愛情のかけらもないのに私に子供を産ませようとしている。それは異母妹《いもうと》との情事を世間の目から隠すためにほかならない。そもそも私との結婚がそのためだった。人の道をはずれた、なんてずるがしこい男だろう。それにしても、よほどマリサがいとおしいとみえる。レオンは以前から決して私の流産がマリサのせいであることを認めようとしない。そればかりか、レオンほど冷徹な男がなぜと思うほど、マリサの嘘《うそ》をうのみにしてきた。たわいなく聞こえてもマリサの嘘には私に対する悪意がこめられている。マリサはそうやって徐々に私を悪者に仕立てていったのだ。レオンとマリサとの関係を知らずにいた私が、マリサの異常な嫉妬に気づくはずもない。もし気づいたとしても、レオンの異母妹であり愛人であるマリサに太刀打ちできるはずもなかった。

ギリシアでは、ただでさえ兄の妹に対する責任は重い。二十二歳にもなったマリサをまだ嫁がせないでいることだけでも、レオンのしていることは大罪に等しい。それなのに、こともあろうに異母妹と特別な関係にあるとは……。

「クロエ！」

いつ部屋に戻ってきたのだろう。レオンは電話をすませ、ジーンズとシャツに着替えていた。薄いコットンのシャツの下のたくましい肩がまぶしい。それにこれはハネムーンの間じゅうレオンがしていた服装だ。ああ、あの時の私は、まだ彼の愛情を心から信じていたのに……。純真な新妻は洗練された夫にふさわしくない存在であることを恐れていたのだ。

「レオン、なんのご用？」思わず高飛車に言ってしまい、レオンの目に怒りの炎が上がったのを見て、クロエはすぐに後悔した。

「ぼくの欲しいものはわかっているはずだ。息子だよ、きみが殺した子供の代わりのね。クロエ、絶対きみに産んでもらうよ」

「マリサは承知しているの？　レオン、私はあなたたちふたりの気持は十分知っているつもりよ。あなたはいったい何をもくろんでいるの？　息子が生まれたらすぐに私と離婚するつもりなの？」

「今朝はアテネに飛ぶつもりでいた」レオンは話題を変えた。「だがその約束がキャンセルになったから、きみにヴィラの中を見せてあげよう。大事な打ち合わせだったんだが、話のわかる相手でね。久しぶりに戻ってきたきみを置いて、アテネに飛んでくるのは忍びなかろうといって延期してくれたんだ」

レオンの言葉はどうやら遠回しの脅迫のようだ。クロエは気づかないふりをした。

「今後、きみには妻としてしかるべき務めを果たしてもらう。客のもてなしもだ。そのためには早くヴィラに慣れてもらわなくてはな」

もてなしですって！　クロエはレオンの日焼けした顔をまじまじと見つめた。表情は厳しく目の光は鋭かった。

「そんな危険を冒していいの？　私はもう以前のような子供ではないのよ。ましてあなたの奴隷でもないわ。この島に閉じ込めておくことはできても、私の口をふさぐことはできなくてよ。あなたのお友だちが来たら、あなたのしていることを全部話すわ。もう二度とあなたに利用されるのはごめんですもの！」

言い終えたとたん、クロエはレオンの胸をぐさりと突いた確かな手応えを感じとった。しかし、レオンはすぐに落ち着き払って言った。

「ああ、いいよ、言いたいだけ言えばいい。誰も相手にしないから。ギリシアでは妻は夫の所有物だと言ったはずだ。自分の妻に何をしようと夫の自由さ。クロエ、文句を言ったりしたら、きみのほうこそいいもの笑いの種だ。実際、おおかたの友人はぼくのやりかたが手ぬるすぎると言っているくらいなんだから。ギリシアの男は女を殴るのに遠慮なんかしないぞ。ああ、心配しなくていい。ぼくは殴ったりしないから」クロエが後ずさりしたのを見て、レオンはとってつけたように笑った。「力ずくで従わせるのはぼくの趣味に合わないからね」

　クロエは悔しさのあまりこぶしを握りしめた。「よくそんなことが言えるわね。無理やり子供を産ませると言ってからまだ五分もたっていないのに」

「無理やりだって?」レオンは険しい目をした。「きみはさっきからその言葉をよく使うが、ぼくたちにはまったく無縁の言葉のはずだ。そうだろう? クロエ」レオンはクロエの手を取ると、手首の内側を軽く愛撫《あいぶ》した。

　クロエはぴしりと言い返したかったが、口の中が乾いてしまって何も言えなかった。レオンは悠然とスカートのベルトからブラウスのすそを引っぱり出し、手をすべり込ませるとレースのついたブラに触れた。

「レオン、やめて!」クロエは身を硬くして叫んだ。しかしレオンはかまわず胸の先端を触る。

「クロエ、きみはこれを無理やりというのかい?」巧みに、そっと指先を動かしながらレオンは耳もとでささやいた。

「やめて、お願い、やめて!」クロエはレオンの手を払いのけようとして両手を上げた。

しかし、かえって逆効果になってしまった。

クロエは冷ややかな視線を避けてうつむいた。レオンはマリサを愛していながら一方で私を抱こうとしている。どうしてそんな不誠実なことが平気でできるのかしら……。クロエはあきれると同時に激しい怒りを覚えた。

「レオン、はっきり言っておきますけれど、私はあなたの子供を産むつもりはありませんから。跡継ぎの息子が欲しい、ただそれだけのことに無理やり協力させられるなんてごめんだわ。私の体に火をつけることはできるかもしれないけれど、決して心までは……」

「クロエ、結婚した時のきみはいったいどこへ行ってしまったんだい？　きみは喜んでこのぼくにすべてを捧《ささ》げてくれたじゃないか」

「あのころの私はもうどこにもいないわ」クロエはぽつりと答えた。

「いないだって？」と言うなりレオンは自分の力を思い知らせるかのように、荒々しくクロエの唇を奪った。

口づけは甘美なもののはずなのに、レオンの口づけは苦痛を与えるだけだ。

「きみが力を望むのならこうして力で応えてやろう。さてと、ヴィラを案内しようか？」

レオンは唐突にクロエを放した。「それともここにいるほうがいいかい？　お望みならばぼくの計画を実行に移してもいいよ。少しでも早く、きみが殺した子供の代わりが欲しいからね」

私が殺したですって？　レオンは本気で言っているのかしら。まだ見え透いた芝居を続けるつもりなのかしら……。クロエは先に廊下へ歩きだしながら心の中でつぶやいた。

唇がひりひり痛む。しかしレオンの注意を引くのがいやで、クロエは唇に触れなかった。レオンが追いついてきた。明らかに怒っている。クロエは一瞬たじろいだが、レオンはすぐにさも何もなかったように、すまして肩をすくめてみせた。クロエにはとてもまねのできない芸当だった。

「廊下でレイプしたりはしないから安心するといい」レオンは皮肉な調子で言って、クロエの腰のあたりにつと手をやった。

クロエははっとして、はみだしたままになっていたブラウスのすそをスカートの内側へ押し込んだ。レオンの視線は胸のふくらみに注がれている。クロエは冷静にふるまうことでレオンの誘惑に絶対に屈しないという意思を示したかった。しかし、レオンがクロエの意思など問題にしていないこともわかっていた。

レオンはヴィラの内外を案内して回った。想像していた以上の広さで、そこかしこに現代的な設備が施されている。特に島全体をカバーする最新鋭の警備システムに、クロエは思わず目をみはった。近ごろは世の中が物騒だから、とレオンは強調したが、おそらく逃げようとしてもむだだと暗に言いたかったにちがいない。

この島に出入りするための交通手段はレオンのヘリコプターだけ。やせ地の小島には住民もいない。しかし、岩の崖《がけ》の間に何箇所かある小さなビーチはエーゲ海の水と太陽とを満喫するのにもってこいの場所のようだ。

部屋をひとつずつ見ていくうちに、クロエは懐かしさを感じだした。そして広い居間でイタリア製のエレガントな家具を見たとたん、そのわけに気づいた。ハネムーンを過ごしたレオンの友人のヴィラにそっくりだったからだ。ここのほうが大きいが、そのほかは、クロエが気に入ったイタリア製の家具から細部にいたるまで、まさにうりふたつ、レプリカのようだ。クロエは淡いクリーム色のソファに手を触れた。なめらかなシルクの手ざわり、そして無造作に置かれたクッションの鮮やかな色。一方の壁はクロームとガラスでできた棚。別の壁を占めているソファと同じクリーム色の大理石のモダンな暖炉。よく見ると、クッションの色は棚の中に飾られたひすいのコレクションと合わせてあった。

「気がついたかい？　アンティーブのヴィラと同じ建築家に頼んだんだ。本当は、最初の結婚記念日にきみにプレゼントするつもりだったんだが……」

クロエは思わず警戒をゆるめそうになったが、レオンの芝居のうまさを思い出し、すぐに気を引きしめた。「まあ、そうだったの。ハネムーンなんて、私はもう思い出したくもないのに、あなたがよく覚えていたなんて意外だわ」

「クロエ、復讐《ふくしゅう》についてこういう言葉があるのを知っているだろう？　〝復讐するには常に初心を忘れてはならない〟だからぼくはここに住んで、きみへの復讐を日々心に誓ってきたのさ」レオンはこともなげに言った。

　はたして結婚生活と呼べるものだったかは別として、破局を迎えたのはあたかもクロエひとりに責任があるかのような言いかただった。

「レオン、お芝居はやめてちょうだい！」

　クロエのきつい口調にレオンが振り向いて何か言おうとした矢先、マリサがすごい形相で入ってきた。

「レオン、ジーナにクリティコス家の人たちのために部屋を用意しておくように言ったそうね。ニコスも一緒に来るそうじゃないの。とんでもない話だわ。レオン、聞いているの？　私を追い出して跡継ぎの息子を、と思っているんでしょうが、簡単に追い出されてたまるものですか。そのためにニコスと結婚させられるぐらいなら死んだほうがましだわ！」一気にまくしたてるとマリサはわっと泣きだした。

「マリサ、落ち着くんだ。後でゆっくり話し合おう。もっともぼくの考えは変わらんが……」レオンは落ち着き払って言った。

「彼女と子供をつくるために私を追い出したがっていることぐらいわかっているわよ」マリサはじろりとクロエをにらんだ。「でもレオン、そうはさせないわ。あなたは私のものですもの。私、絶対、そんなことはさせないわよ！　私……」

　レオンはわめきちらすマリサを抱きかかえた。そしてクロエが顔をそむけている間に、そのまま部屋から連れ出した。

マリサのあの荒れようからすると、レオンは本気で跡継ぎを欲しがっているようだ。本当ならば、マリサに対して勝利感を味わうところかもしれない。しかし、かつて自分がなめた苦しみと失望感を今度はマリサが、と思うと気の毒でならない。ギリシアでは、特に、結婚相手を慎重に選ばなくてはならないような裕福な家であればあるほど、家長かそれに準ずる男性がその娘の夫を選ぶことになっている。それはクロエも知っていた。でも、まさかレオンが特別な関係にあるマリサに対してもそうしようとは、クロエは夢にも思っていなかった。

クロエはレオンを待たずに寝室に引きあげた。大きなベッドにひとりでに目が行く。レオンとこのベッドをともにするしかないのだろうか……。クロエはドアに鍵《かぎ》があるかどうか調べてみたがむだだった。あらためてレオンに嘆願してみても、さっきのあの口ぶりではとても聞き入れてもらえそうもない。それにそこまでするのはプライドが許さない……。だとしたら、私はいったいどうしたらいいのかしら？　ドアには鍵がついていないし、あきらめるしかないのかしら……。いいえ、この島から逃げ出す方法はきっとあるはずだわ。必ずあるはずよ。

3

夕食に下りていきたくない。でもこのままじっと寝室にこもっていると、レオンに無言の承諾だととられかねない。クロエは急に不安になった。しかし下りていこうにもふさわしいドレスがない。あるのは朝から着ているコットンのブラウスとスカートと、それ以外にはジーンズとTシャツだけだ。

クロエはシャワーから出ると、寝室に誰かがいるのに気づき、はっとして息をのんだ。だが開け放した戸口に現れたのはレオンではなく、今朝食事を運んできた若いメイドのジーナだった。

「奥さま、どのドレスをお出ししたらよろしいでしょうか?」ジーナはためらいがちにきいた。

クロエは思わずため息をついた。つたないギリシア語で、どうやって、着るものはスカートとブラウス、そしてジーンズとTシャツしかないということをジーナに伝えたらいいのだろう。

「あのね、ドレスはないの……」クロエはゆっくり話し始めた。ところがジーナは聞こえなかったように、得意げな表情さえ浮かべて、壁一面を占めているワードローブの扉を開けてみせた。

「ごらんください。ほら、こんなにたくさん。奥さまのために、だんなさまがちゃんとアテネからお取り寄せになられて……」

クロエは今にもあふれそうなワードローブに目をみはった。いかにもレオンらしい。何をやらせてもそつがない。クロエは何げなくライラック色のドレスに触れた。上質のシルクの手ざわり。そしてこのデザインはまぎれもなくオートクチュール。レオンはよほど前から私を連れ戻す計画を立てていたことになる。

「ムッシュ・ルネに頼んだら、ごらん、まるで嫁入りじたくだ。彼はまだきみの寸法を大事に持っていたよ」いつのまにか入ってきたレオンが言った。

モデルをしていた十八歳のころとは体型が変わっているのに、どのドレスを見ても今のサイズにきちんと合いそうだ。おそらくムッシュ・ルネかレオンのどちらかが、二十三歳の女が十八歳の娘とは体型も好みも変わるのを承知していたのだろう。それにしても、見事なドレスばかり。これほどエレガントなドレスは着たことがない。それにどのドレスも一着分がクロエの数カ月分の給料を軽く上回りそうだった。

「まあ、喪服でないことは確かさ」戸惑いの表情を浮かべているクロエに、レオンはわざことともなげに言った。

「そうかしら、私にはよくわからないわ」クロエはそっけなく言い返し、ワードローブの扉を閉めた。「レオン、確かにあなたは私をここへ連れてきたし、無理やり身ごもらせることもできるかもしれないわ。でもこのドレスを着せることはできなくてよ」

「ほう、そうかな?」レオンは薄笑いを浮かべた。レオンと入れ違いにジーナは下がっていた。いくら広いとはいえ、ふたりきりで寝室にいると、レオンのたくましい体がことさら威圧的に感じられ、クロエは息苦しくなった。

ふと気がつくと、クロエは愚かにもベッドのところまで後ずさりしていた。身につけているのはバスタオル一枚。肩から胸のふくらみ、そしてさらに下の方へとレオンはゆっくり視線をはわせている。しだいに怒りがつのり、クロエの肌はひとりでに赤く染まった。

「見ないで、レオン」声がかすれた。

レオンの欲望は異性の体に対する本能的な欲望にすぎない。相手は誰でも同じなのだ。しかし、そうとわかっていても、もしもレオンが腕を広げたら、すぐにでもたくましい胸の中に飛び込んでしまいそうだ。そんなことにならないようにしなければ……。

クロエは自分のもろさを戒めると、毅然《きぜん》とした態度で、用意されたドレスを着ることをもう一度拒んだ。しかし、その間にも、別居していた間に忘れたはずの甘美なときめきがクロエの心をくすぐり、ほろ苦い麻薬のような愛撫《あいぶ》を思い出させた。

いけない。クロエはあわてて危険な思い出を振り払った。レオンが自分を抱こうとしているのは、それが復讐《ふくしゅう》の第一歩であるからだということを、絶対に忘れてはならない。

「クロエ、選択肢はふたつある。ひとつは自分でドレスを着る。もうひとつはぼくがきみにドレスを着せる。クロエ、忠告しておくが、後のほうを選んだ場合には、ぼくに触れられるのを待っていると解釈するからね、いいね」出ていってほしいと言ったクロエの言葉を完全に無視し、レオンは嘲《あざけ》るように言った。

「そんなことをされるくらいなら死んだほうがましだわ！」クロエは思わず叫んだ。頬の赤さが怒りの激しさを物語っている。

「嘘《うそ》をつくな！　クロエ、きみは心ではぼくを憎んでいるかもしれないが、きみの体はまちがいなくぼくを求めている。お望みならばすぐにわからせてあげてもいいよ」

「けっこうよ！」

「けっこうだって？　それは嘘つきだということを証明してほしいということかい。遠回しに抱いてほしいと頼んでいるつもりかい？　だが残念だ。今はじっくり期待に応《こた》えている暇がない。コックがぼくたちの再会を祝って、腕によりをかけた料理を作って待ってくれているからね。クロエ、その後でたぶん……」

「いいえ、けっこう。今後とも、私はあなたに抱かれるつもりなんてありません！」歩きだしたレオンの背中にクロエは浴びせかけるように言った。

ひと言ひと言、本心から出た言葉だ。確かにそのはずだった。それなのに胸が痛むのはなぜ？　レオンのもとを去って以来、一度として男性に心惹《ひ》かれたことなどはなかったのに、彼と再会してからというもの、レオンの愛撫の記憶がクロエの心身をさいなみ続けている。

レオンが行ってしまうと、クロエは唇を噛《か》みしめながら、しばらくワードローブの扉を見つめていた。ジーンズとTシャツ姿で夕食に下りていってみようかしら。そうしたらレオンはどんな顔をするだろう。一瞬、そんな思いが心をよぎったが、レオンにつまらぬ誤解をされても困る。クロエは思い直すとワードローブの扉を開けた。そして、淡いライラック色のシフォンのドレスに手を伸ばした。

クロエのために注文して作られたとはいえ、着てみると想像以上に体に合う。たっぷりギャザーの寄った長いそでをきつくしぼったそで口にも、背中にも、クロエの寸法どおりの位置に小さなパールのボタンがついていた。さらにウエストの寸法も、スカートの丈もちょうど……。作ってくれたムッシュ・ルネもさすがだが、彼にそうさせたレオンの力を認めざるをえなかった。

背中のボタンは後でメイドにとめてもらうことにして、とりあえずドレスを着ると、クロエは同色のサテンで作られたサンダルをはいた。そしてバスルームの引きだしにあったライラック色のアイシャドーとマスカラで目もとを入念に仕上げた。

クロエは廊下に出た。メイドの姿を捜していると、右手のドアが開いてレオンが出てきた。シルクのシャツに黒っぽい細身のズボンをはいている。

「そのドレスにしたのかい。よし、いいだろう」

レオンの満足げな声を、クロエは無視した。

「八時の夕食にはまだ少し間がある。先に酒でも飲むかい？」レオンは落ち着き払っていた。

「いいえ、けっこう。今、メイドを捜していたところなの、背中のボタンをはめてもらおうと思って」クロエはうっかり口を滑らせてしまった。

「それはぼくの仕事じゃないのかい？」

薄笑いを浮かべたレオンにクロエはしかたなく背中を向けた。手慣れた早さで小さなボタンが次々ととめられていく間、クロエはじっと息を殺していた。すると、急に別のドアが開き、タイルの床にハイヒールの音を響かせてマリサが近寄ってきた。

「レオン！」マリサは思わず耳をふさぎたくなるような金切り声で叫んだ。

マリサが感情をむき出しにするのは決して珍しいことではない。クロエ自身、何度も被害にあっている。しかし、レオンの前では注意深く猫をかぶっていたマリサが、あからさまにこんなあさましい姿を見せたのはこれが初めてだった。

「絶対承知しませんからね。聞いているの、レオン？　私は誰とも結婚しないわよ。無理じいするんだったら、私、みんなに本当のことをしゃべってしまうから。私……」

「きみが承知するしないは問題ではない。十分話し合ってとうに結論が出ているはずだ。ぼくは考えを変える気はないから、そのつもりで」レオンはきっぱり言った。マリサにこんな厳しい口のききかたをするのをクロエが聞いたのは、初めてだった。

「あなたは私を追い出したいだけなのよ！」いつのまにかマリサの目に涙がたまっている。

「私が邪魔なんでしょう？　この女《ひと》をそばに置くのには……。あなたにも言っておくけど、レオンが欲しがっているのはあなたじゃなくて、あくまでも跡継ぎの息子なのよ」マリサはクロエにつっかかった。「自分の息子を産ませる相手に、ごく当然のこととして妻であるあなたを選んだにすぎないわ」

「マリサ！」レオンは冷たくマリサを制した。鋭い声には有無を言わせぬ気迫がこもっていた。「マリサ、もう一度だけ言おう。明日、お客がみえたら、行儀よくふるまうんだ。いいな、マリサ。クロエ、きみも同じだぞ」レオンはクロエをちらりと見た。

「もし、いやと言ったらどうするの？　そしてなぜこの女《ひと》を連れ戻したか、そのわけをみんなに話したら、いったいどうするつもり？」マリサは勢い込んできいた。

「その時はただ、きみのことを手に負えないわがまま娘だと言うだけのことさ」レオンはこともなげに答えた。

やがて、マリサが部屋へ引きあげると、クロエは遠慮がちに言った。「レオン、あんなに厳しく言わなくてもよかったんじゃないの?」

「いや、マリサに大人の分別を持たせるためには、あれくらい厳しく言わないと。いつまでも子供のようなわがままを許していてはためにならない。だがクロエ、これはぼくたち兄妹の間のことだから、きみは心配無用だよ。それにしても、あんなにひどいことを言われたにもかかわらず、きみはずいぶんマリサに同情的なんだね」

「そうかしら?」クロエはとぼけてみせた。自分と同じ苦しみを味わうことになったマリサ。彼女に同情していることを、傷つけた当の本人であるレオンに知られたくない。

食事の間、使用人たちが出入りする時以外は、レオンとクロエはほとんど口をきかなかった。クロエは彼らの手前、おいしそうに食べているふりをしていたが、実際には何を食べたか思い出せなかった。

「ぼくがさっきマリサに言ったことはすべて本気だよ」クロエを食後のコーヒーに誘うと、レオンは唐突に言った。「クロエ、ぼくのもとへ戻った以上は妻としての役をきちんと果たしてもらうよ」

「もしも、その役がむずかしすぎたら?」

「大丈夫だ。ていねいに個人指導をしてあげるから。クロエ、きみの目は正直だ。愛し合った翌朝なら、その目の輝きを見ただけでお客は納得するさ、ぼくたちが仲のよい夫婦だということをね」レオンは悠然とほほ笑んでみせた。

コーヒーを飲み終わると、レオンはクロエを散歩に誘った。

「もう一度、ご自慢の警備システムを見せてくださるおつもり？　でもせっかくだけど、もう十分見させていただいたわ」

「きみが見て怖くなったのは警備の堅さではなくて、むしろ自分自身のもろさではないのかい？　そうだろう？」レオンは嘲るように声をたてて笑った。

クロエは応接間から寝室へ引きあげてきた。レオンの笑い声が耳から離れない。ひとりになりたくて戻ってきたのだが、そう長くはひとりの時間を楽しんでいられそうもない。

クロエは手早くドレスを脱ぐと、ジーナがベッドの上に置いていったクリーム色のシルクのネグリジェに着替えた。そのとたん、ドアが乱暴に開いてマリサが入ってきた。

「あら、レオンのためにおめかし？」意地の悪い目でネグリジェを見る。「彼が欲しがっているのはあなたなんかじゃなくて息子なのに……。あなたはそのためのただの道具だわ」

「そのお話ならもう聞いたわ」クロエは落ち着き払って答えた。以前の自分ならとてもこうは言えなかっただろう。ついかっとなってしまい、よく後で悔やんだものだ。しかし、今はもうマリサが何を言いだしても冷静でいられる。そればかりか、かえって、頬に涙の跡を残し、髪を振り乱したマリサに、心から同情せずにはいられない。こうなったのはおそらく、もはや私には失うものがないからかもしれない。

「レオンがなぜ私を無理やり結婚させようとしているか、そのわけは知っているわよね」今にもクロエに噛みつかんばかりだ。「彼は今、息子息子で頭がいっぱいで、ほかのことはどうでもいいのよ。私のことも、仕事のことも、ましてあなたのことなんか……。でも、これは一時だけだわ。息子を手にしさえすれば、見ててごらんなさい、きっとがらりと変わるから」マリサは自分に言い聞かせるような口調になった。

「マリサ、そんなに長い間辛抱することなくってよ」クロエに急に妙案がひらめいた。「マリサ、あなた、私に手を貸してくれる気はない？　私、この島から出たいの。あなただって私がいないほうがいいんじゃなくて？」

「ええ、そうよ」マリサはあっさり認めた。「でも、そうは言っても、レオンに見つけられずにこの島を出るなんて、とても無理よ。息子を産むまでは、絶対にこの島から出られやしないわ」

「あの時流産した償いをするまではね……。あなたはレオンとちがって、私がわざと流産したのではないことを承知しているはずよね。私を階段から突き落としてあの子の命を奪ったのは、マリサ、あなたなんですもの……」

クロエが言い終わるか終わらぬうちに、再びドアを乱暴に開け閉めして、マリサは出ていった。マリサがクロエを突き落としたのはまぎれもない事実だが、そう簡単に自分の非を認めるようなマリサではなかった。

クロエはため息をつくと化粧台の前に腰を下ろし、長い髪をとかしはじめた。リズミカルな手の動きにつれて、過去のできごとがよみがえってくる……。

パリからアテネへ向かう機内。新妻のクロエはこれから初めて顔を合わす義妹のマリサのことで、かなり神経質になっていた。夫のレオンは、妻の口から次々と飛び出すマリサについての質問に困惑している。いつになく口の重い夫……だがクロエは疲れているせいだとしか思わなかった。事実、レオンはパリを発《た》つ寸前まで仕事に忙殺されていた。

レオンの話では、マリサはレオンの父親の二度目の妻との娘で、レオンより十三歳年下。両親の死後はもっぱらレオンが面倒をみている。ほかのギリシアの富豪の娘に比べると、かなり現代的に育てられ、教育はイギリスとスイスで受けた。が、本人の意思で大学へは進まなかった。クレアが知りえたのは、せいぜいこの程度だった。

マリサは新居であるアテネのアパートメントでふたりを待ち受けていた。クロエはホールに足を踏み入れたとたん、高価な装飾品の数々に目を奪われてしまって、マリサの冷ややかな態度もさほど気にならなかった。

しかし、日がたつにつれ、マリサの態度は冷淡になる一方で、レオンが留守だといっそう不愉快な態度をとる。クロエもさすがに気にしないではいられなくなった。そんな折、クロエは体の変調に気づいた。

レオンは一週間前からパリに行っていて不在だった。帰ってきて子供ができたことを知ったら、いったいどんな顔をするかしら。きっと喜んでくれるわ。クロエは医者から渡された妊娠の心得を読み返しながら、夫の帰りを待ちわびていた。一方、マリサは毎日わがまま勝手なふるまいを繰り返していた。〝成り上がり者がよけいなお世話よ〟あまりのむだ遣いを見かねて忠告したクロエに、そんな言葉さえ吐いた。そしてそれ以来、マリサはいよいよ激しい敵愾《てきがい》心を燃やしはじめた。

マリサのわがまま勝手に目をつぶることはできる。でも、いくらそうしても、とても彼女に気に入ってもらえそうにはない。それにマリサが兄レオンを見る時のあの目。なんとなく異様なまなざしだ。クロエは不安だった。

クロエはそれとなくレオンに不安を打ち明けてみた。だがレオンは考えすぎだと言って一笑に付し、その後でクロエを優しく抱いた。マリサのことになると夫は急に寡黙になる。しかし純真で、夫を心から愛していたクロエは彼に何ひとつ疑問を抱かなかった。

ところが、まもなく衝撃的な事実を知らされる日がやってきた。後になって思い当たったことだが、おそらくマリサは偶然、医者からの小冊子を見つけたのだろう。それでライバルであるクロエがレオンの子供を宿したことを知って、逆上したにちがいない。

その日、クロエは午前中の買い物から帰ったばかりで、シャワーを浴びようとしていた。そこへ、メイドの話ではたしか友だちとランチの約束があって外出中だったはずのマリサがつかつか入ってきた。そしていきなりあまりにも衝撃的な事実を告げた。レオンと二年近く特別な関係が続いている……。マリサの黒い瞳は、憎しみと嫉妬《しっと》で光っていた。

「信じたくないでしょう? でも嘘じゃないわ。事実でなければこんな罪深いことを、誰がわざわざ話すものですか。レオンの妻として彼と一緒に暮らしたい。でも許されない……。この寂しさがあなたにわかって? いつも〝妹〟として陰の存在でいなければならない、このやるせなさ。あなたになんかわかるはずないわ! クロエ、レオンがなぜわざわざあなたみたいな女《ひと》と結婚したと思う?」マリサは挑むような目でクロエを見すえた。

「教えてあげましょうか。それはね、あなたにはどう言ったか知らないけれど、決してあなたのそのご自慢のスタイルやブロンドに夢中になったからじゃないわ。本当はね、私を世間の好奇の目から守るためだったの! 私はとうに適齢期を迎えているから、じきに世間の人は私がお嫁に行かない理由をあれこれ詮索《せんさく》しだすでしょう。レオンはその結果をとても恐れていたの。それで醜聞から私を守るために、まず自分があなたと結婚することにしたのよ。彼と私の関係をごまかすには、それが最善の方法だったの。あなたはそれに利用されただけのことなのよ」マリサは哀れむように言った。

レオンとマリサが……まさかそういう仲だったとは思ってもみなかった。でも言われてみれば、なんとなく……。しかも自分との結婚は、それをごまかすためのものだったとは……。クロエはたとえようのない憤りを覚えた。なるほど、だからだったんだわ。レオンが結婚を急いだわけも、マリサのことになると急に口が重くなったわけも、そしてレオンを見るマリサの目に言いようのない妖《あや》しさを感じたわけも、これでようやく理解できた。

パリ時代、デートに行く先々で、かたわらのレオンに女たちが熱い視線を投げかけるたびに、クロエの心は誇らしさと心配で微妙に揺れたものだった。レオンほどの男《ひと》ならば、周囲にいくらでもふさわしい結婚相手がいるはずなのに、なぜ自分のような平凡な家の出の娘を選んだのだろう？　クロエは不思議に思わないでもなかったが、ただそっとレオンを見上げるだけで、それ以上つきつめて考えはしなかった。レオンのその端整なマスクの下に、実は醜い計略がひそんでいようとは、純真無垢《むく》なクロエにどうして見抜くことができただろう。

クロエの動揺を推しはかって、マリサは刃《やいば》のような言葉でクロエに襲いかかった。「レオンが喜ぶと思ったら大まちがいよ。自分が本当に愛している女には子供を産ませられないことを承知していて、あなたが身ごもったことをレオンが喜ぶとでも思うの？　レオンが心から愛しているのは、この私なんですからね。あなたとの子供なんか、レオンは喜ぶわけないでしょう？」

「やめて！」クロエはたまりかねて寝室を飛び出した。そこはレオンとふたりきりの愛の部屋のはずだった。燃える体を重ね愛を確かめ合ったはずなのに……。その時以来、そこはクロエにとって憎しみと恨みの場になった。

マリサは後を追ってきた。彼女が追いついた時、クロエは階段の下り口でじっと立ち止まり、なんとかして冷静になろうとしているところだった。

クロエはいまだにその後のことを正確には思い出せない。はっきり覚えているのは、階段の上から突然マリサに突き落とされたことだけだ。

クロエの悲鳴を聞いて、最初に飛んできたのはハウスキーパーだった。下腹部をかばうようにして倒れているクロエを見た瞬間、彼女は恐怖に顔を引きつらせたが、ほどなく冷静さを取り戻すと、てきぱき容体を尋ねた。マリサはハウスキーパーのまわりで、何やら大声でわめきちらしていた。その声はいまだにクロエの耳の奥に残っている。

誰もがなしうる最善を尽くしてくれたし、病院でもみんな優しく接してくれた。だが、クロエが断るのも聞かずに、レオンをパリから呼び戻したことと、レオンが駆けつけてくるまで、マリサがベッドのそばを片時も離れなかったことは、どうしてもありがたいとは思えなかった。

「なぜだ？　なぜぼくの子供を殺したんだ？」外でマリサから話を聞いてから病室へ入ってくるなり、レオンはクロエを責めた。涙でにじんで見えたレオンのそのすさまじい形相を、クロエは一生忘れることはないだろう。

まもなくレオンは、けなげに悲しみに耐えている妻にいたわりのかけらも見せず帰っていった。看護師たちには、夫の冷淡な態度が理解できなかったことだろう。だが、クロエにはわかっていた。レオンの頭にはもはやマリサのことしかないにちがいない。

入院して三日後、面会を拒んでいたにもかかわらず、レオンがやってきた。そして仕事でパリに戻らなくてはならないが、アテネに帰りしだい話し合おうと言って、そそくさと帰っていった。

しかし、その後ふたりが話し合うことはついになかった。クロエがイギリスへ戻ってしまったからだ。クロエはレオンが国外へ出たのを確かめると、すぐさま病院を抜け出しアパートメントへ直行した。そして、化粧台の上に、レオンにもらったたくさんの宝石類と一緒に大きなダイヤモンドの婚約指輪を並べて置き、パスポートと飛行機代だけを持って、着のみ着のまま飛び出した。

イギリスへ帰り着いたクロエは、すぐに結婚指輪をはずした。そうすることで、レオンとの結婚生活を断ち切りたかった。しかし実際には何カ月も眠れぬ夜が続き、心の整理がつくまでには一年近くかかった……。

クロエはブラシを置き、寝室のドアが閉まっているかどうか確かめた。この部屋には鍵《かぎ》がない。レオンを入れないわけにはいかないが、どんなに巧妙に言い寄られても決して身も心も許すまい。流産してしまった時には、たいして子供を欲しがっていなかったレオンが、今になって急に跡継ぎの息子が欲しいなどと言いだしたのは、どうしても釈然としない。それにいまだに私がわざと流産したと思い込んでいるとはおおいに心外だ。病院であれほど訴えたにもかかわらず、レオンはマリサをかばうばかりで、私の言葉を信じようとはしなかった。レオンはうわべは立派だが、実際は平気で卑劣なことをする人間だ。気をつけなければ。決して誘惑に負けてはならない。クロエは固く心に決めた。

4

いつのまに眠ってしまっていたのだろう。クロエははっとして身を起こすと、暗闇《くらやみ》に目を凝らした。

「レオン？」

「ああ。待ちつかれて眠ってしまったのかい？　もっとも、きみはもう一人前の女だ。ぼくが来るのが待ち遠しくたってあたりまえだな」

「とんでもないわ。誰があなたみたいな人を……」クロエは憤然として言った。「いったいここで何をしているの？」

「何をって、服を脱いでいるに決まっているじゃないか」からかうように答えた後で、レオンは急に声を荒らげた。「クロエ、ぼくがなぜここにいるかはとうにわかっているはずだ」

「少しでも早く私に子供を産ませて、用がすみしだい離婚しようということでしょう？」

ふと失った小さな命が思い出されて、クロエは涙ぐんだ。レオンの力に抗しきれずに、彼の子供を産み、その子を彼に奪われることになりそうな自分がたまらなく哀《かな》しかった。レオンが服を脱ぐかすかな音。そちらにばかり気を取られていて、クロエはドアの外で人の気配がしたことに気づかなかった。

　やがて、バスルームのドアが勢いよく開き、そして閉まると、すぐにレオンがシャワーを浴びる音が聞こえてきた。瞬間、脳裏にひらめくものがあって、クロエはローブを手探りした。今のうちにこの部屋を抜け出してしまおう。人一倍誇り高いレオンのことだ。使用人に聞こえるところで、言い争ってまでいやがる妻を無理やり寝室に連れ戻したりはしないだろう。もしもそんなことをして、そのことが友人たちに知れれば、今度こそいいもの笑いの種にされるに決まっている。

　クロエは応接間へ逃れ、部屋じゅうの明かりをつけた。ほっとため息をつく。そしてガラスのコーヒーテーブルの上のファッション雑誌を手に取った。ここならすぐそばに使用人がいる。たとえレオンが追ってきても安全なはずだ。クロエはゆっくりページを繰り始めた。

　ドアの外から物音ひとつ聞こえずに、十五分が過ぎた。この分だと思っていたより簡単にいくかもしれない。後はただレオンとの根比べ。たぶんレオンは以前のことを思って、私が先に根負けするとたかをくくっているにちがいない。でも、今の私はかつてレオンを盲愛していたあのクロエではなく、今しがた彼が言ったとおり、もうれっきとした一人前の女だ。レオンを向こうに回し、堂々と勝負する自信はある。もしもクリティコス一家が到着するまで、このまま彼を寄せつけずにいられれば、私の勝ち。一家が引きあげる時に一緒に島を出てしまえばいいだけだもの。アテネまでショッピングに行きたいからとでも言えば、レオンだってお客の手前、文句は言えないはずだわ。でも、ただひとつ問題なのは、パスポート。デレクに持ち去られて以来、レオンの手に握られたままになっている。すべてが一挙に振りだしに戻ってしまった。クロエは暗たんとした思いでソファの背にもたれかかった。

数分後、レオンはクロエの手から滑り落ちた雑誌を拾い上げると、クロエの寝顔をそっとのぞき込んだ。するとまもなく、夢で第六感がはたらいたかのように、クロエははっとして目を開けた。

「クロエ、きみはなかなかのおりこうさんだな。だが、どうやらきみが自分で思っているほど賢くはなさそうだ」レオンは薄笑いを浮かべた。

クロエの目の前に立ちはだかった大きな体から、石けんのにおいと一緒に男らしい香りが漂ってきた。クロエは息苦しくなり思わずつばをのんだ。はだけたタオル地のローブからたくましい胸がのぞいている。忘れたはずの熱い衝撃がクロエの体の中を駆け抜けた。レオンはこうしているうちに、難なく懐柔できることを知っていて、見事な肉体を誇示しているにちがいない。クロエは自分のもろさが恨めしかった。

「どうかしたかい？」レオンはクロエの髪をつかむと、嘲《あざけ》るように言った。「相変わらず美しい。海の精《ニンフ》、いや今のきみは海の魔女かな」親指で探るように彼女の唇に触れる。

「やめて！」クロエの声はしわがれていた。この二年間眠っていた感覚が一気に呼びさまされて、彼女の体は妙に重たく、だるくなり始めた。いけない。クロエは必死に起き上がり、レオンの胸を力いっぱい押した。

レオンは声をあげて笑った。嘲るように、あるいは勝ち誇ったように……。クロエは屈辱感を味わいながらも、レオンの胸に置いた手をどけることはできなかった。懐かしいぬくもりと香り、そして愛撫《あいぶ》……。

「ここへ来ればぼくから逃げられると本気で思っていたのかい？」レオンは細いうなじに唇をはわせていく。「よほど退屈な男とばかりつき合ってきたらしいね。愛を交わし合うのはなにもベッドの上だけと決まっているわけではないのに。誰からも教わらなかったのかい？」

「レオン、やめて！」軽く耳たぶを噛《か》まれ、クロエは思わず身をよじった。

レオンは悠然とシルクのローブの上から美しい体の線をなぞる。少しずつクロエの体から力が抜けていった。あれほどレオンを軽蔑《けいべつ》し、自分のもろさを嫌悪していたにもかかわらず、こんなにもレオンを求めているなんて……。皮肉な真実にクロエは打ちのめされた思いだった。

快感と屈辱感が波のように押し寄せてきて、クロエはついに抗《あらが》う気力を失ってしまった。レオンはすかさず唇を奪った。そして一瞬のうちに理性とプライドをはぎ取ると、クロエを抱きかかえたまま、ソファに倒れ込んだ。レオンの体の重みとぬくもり。クロエはうずくような欲望を覚えた。

「おっと、いけない」レオンは急に身をそらした。「つい気持がせいてしまったが、この二年間、ぼくはこの時のために生きてきたようなものだ。キスひとつおろそかにできない。待ちに待ったんだ、楽しまなくてはね。クロエ、きみもだ。この二年間に何人の男とつき合ってきたのか知らないが、ぼくの子供を身ごもるということは、きみにとって記念すべきことなんだからな」

クロエはくぐもった低い声の中に、レオンの悔しさを感じとった。自分が家を出たことは誇り高いレオンにとって、思っていた以上に大きな打撃だったようだ。

レオンはクロエの頬にそっと唇を寄せ、薄いローブをはだけると胸のふくらみに触れた。どうして私はレオンを拒めるなどと思っていたのだろう。レオンの手で花開いた体がその手を拒めるはずはなかったのに……。のどから肩へ、口づけがゆっくり移っていくにつれ、夢うつつのクロエの脳裏にハネムーンの熱い日々が鮮やかによみがえった。いつしかレオンの唇は胸の谷間をさまよっている。クロエは、胸に顔をうずめたレオンの姿を見まいとしたが、思わず体が震えてきた。

「クロエ、ぼくが欲しいんだろう？　ほら、きみの体がそう言っているよ」レオンは顔を上げ、深みを増したアメジスト色の瞳をのぞき込んだ。

クロエは何か言いたかったがため息しか出ない。やがて、そのせつないため息はあえぐようなすすり泣きに変わり、レオンはクロエの唇に熱い唇を重ねた。

体の中を電流が駆け抜けた。クロエは夢中で黒い髪をまさぐった。

「レオン……」

甘い声に、レオンははたと愛撫の手を止め、身をこわばらせた。陶酔したクロエが自分の声だと錯覚したのは、マリサの声だった。

「さあ早く、これを着て！」クロエにローブを手渡すと、レオンは自分のローブに手を伸ばした。自分自身に対する怒りと悔しさで指先が震え、思うようにひもが結べない。レオンはすぐに気づいて手早くクロエのローブのひもを結んだ。するとほぼ同時にドアが開き、透き通ったネグリジェ姿のマリサが姿を現した。

「レオン？」とがった声だった。そしてクロエに向けた目も見る間に険しさを増した。

「レオン、私ね、怖い夢を見てびっくりしてあなたを捜しに行ったのよ」急に子供が甘えるような声に変わる。「そうしたらお部屋はからっぽ。それでね、階下《した》をのぞいたら明かりが見えたものだから、きっとまだお仕事中なんだと思って下りてきたの。そうしたら……。まさかこんなこととはね」マリサはクロエに向かってひと言意地悪く言いたした。

「マリサ！」レオンはやにわに駆け寄ると、あふれる涙をぬぐおうともしないマリサをいとおしげに抱きしめた。

「レオン、私、とっても怖かったの……。だからお部屋へ行ったのに、いてくれないんですもの。私、ひとりじゃ眠れないわ。ねえ、そばにいてくれるでしょう？」マリサはしゃくり上げながら訴えた。

クロエはいたたまれずに二階へ駆け上がると、バスルームへ逃れた。こんなに気分が悪いのはつわりの時以来だわ。クロエはシルクのローブをはぐようにして脱ぎ、丸めてほうり投げた。そして長いことシャワーに打たれた後で、寝室へ戻った。

レオンのいない寝室がこれほど寂しく映るのは、それだけレオンを求めていたからなのかもしれない。それにしても、マリサは私が一緒にいるのを承知の上であの部屋に入ってきたのかしら、それとも単なる偶然だったの？

いずれにしても、冷静に考えてみると、本当はマリサに感謝しなければならない。もしもマリサが入ってこなければ、私はもう少しでレオンに屈服してしまうところだった。いいえ、屈服するどころか、みずから彼を求めていたかもしれないわ。自分に愛想をつかし、ベッドに横たわったクロエは眠ろうと努めた。明日の朝、やつれた顔をしていたら、気がもめて眠れなかったとレオンに白状するようなものだ。これからまた何が起きようと、それだけはいやだ。しかし実際は、レオンは今ごろマリサと……という思いが何度となく頭をもたげて、思うように寝つかれなかった。

クリティコス一家がやってきたのは、翌日の午後だった。彼らはクロエの予想に反して、ヘリコプターではなくまばゆいばかりの白いヨットに乗って現れた。そのヨットは、そのままエオスの小さな船着き場に停泊している。

午前中、クロエはレオンとマリサを避け通した。レオンの目を見ると、決心が鈍ってしまいそうだったし、マリサには抑えがたい嫉妬《しっと》を感じていたからだ。レオンを愛してはいないのに、なぜ私は嫉妬などするのかしら？　レオンを心の底から軽蔑しているはずなのに……。もしかしたらこの嫉妬は、かつてレオンに夢中だったころの名残かもしれないわ。きっと、そうにちがいない。クロエは嫉妬の炎を必死に消そうとした。

お客をごく普通に迎えようと決めていたにもかかわらず、いつのまにかクロエは熱心に服を選んでいた。ワードローブに並んだドレスをあらためてよく見ると、どれも仕立ては上等で、デザインも洗練されている。ムッシュ・ルネのアドバイスがなければ、おそらくレオンひとりではこれほど見事な服はそろえられなかっただろう。

迷ったあげく、クロエは淡いピンクとライラック色のツーピースを着ることにした。胸のふくらみを優しく包み込むようなドレープと、スカートの繊細なプリーツ。いかにもムッシュ・ルネの作品らしい優雅さに満ちている。

サロンへ下りていくと、ちょうどそこへレオンが船着き場からクリティコス家の三人を案内して入ってきた。レオンはクロエを見るなりその美しさに目をみはった。

マダム・クリティコスは、浅黒いほっそりした女性で、ひっつめにした髪を上品にシニヨンにまとめていた。黒い瞳と彫りの深さを強調した心憎い化粧はパリ風。ギリシアでは見慣れた黒のドレスもディオール製のようだ。きちんとした服装で下りてきてよかったわ。クロエが心の中でつぶやいたちょうどその時、ドアが勢いよく開いて、まっ赤なジーンズにノーブラでTシャツを着たマリサが入ってきた。思わず目をそむけたくなるほど、体の線があらわに出ている。

レオンはすました顔でクロエをニコス・クリティコスに紹介した。しかしクロエは、レオンがすばやくマリサをにらみつけたのを見逃さなかった。ニコスの父親のアレクサンドロスには以前会ったことがある。ずんぐりした中背。ギリシア人の典型的な体型をしている。クロエはアレクサンドロスに会釈をしてから、おもむろにニコスにほほ笑みかけた。モデル時代、何度となくファッションショーのステージで見せた、華やかなほほ笑みだった。

「マダム・ステファニデス……」ニコスはそう言ったきり、心を奪われたようにしばらくクロエの顔を見つめていた。まだ少年くささの抜けないニコスと、あのマリサを、レオンは本気で結婚させるつもりなのかしら。純情そのものの茶色い瞳を見ているうちに、クロエは不安になった。

クロエの心の中を見抜いたのだろうか。細い腕をつかんでいた手に意味ありげにぐいと力をこめると、レオンはクロエをソファにゆったり腰を下ろしたマダム・クリティコスのところへ連れていった。

「レオン、主人とお仕事の話が山ほどあるんでしょう? 私たちにかまわずどうぞいらして。マリサとも久しぶりにお話ししたいし……」マダム・クリティコスは思慮深げな目をクロエに向けた。「それにしても、あなたは実にタイミングよくギリシアへお戻りになったわね。ちょうどマリサにいい相談相手が必要な時ですもの」

マダム・クリティコスはにこやかに話しながら、時々それとなくニコスの横にいるマリサに目をやった。マリサはニコスをくつろがせようともせず、ニコスが一生懸命に話しかけているのに知らんぷりをしている。

「レオン、悪いけど、マリサのあの服、品がなさすぎやしないこと? ヨーロッパの不良娘が着るようだわね。あれではお嫁のもらい手がなくなってしまってよ」マダム・クリティコスは率直に言った。

レオンが返事をしようとしたところへ、アレクサンドロスが近づいてきた。そしてすぐにレオンと仕事の話をはじめた。

「失礼してあちらへ行きましょうか」まもなく、レオンはアレクサンドロスを促して、一緒にサロンを出ていった。

「ねえ、マリサにお庭を見せていただいたら?」ニコスを呼び寄せると、マダム・クリティコスはさりげなく知恵を貸した。

「若い男女がふたりきりでいると、普通は娘さんの家族のほうが心配するものですけど、今はどうやら逆のようね。マリサよりニコスのほうが危ない目にあいそうだわ」ふたりが気乗りしない様子で庭へ出ていったのを見届けると、マダム・クリティコスは小声で言った。

クロエはどう返事してよいものか、しばらく迷っていた。しかし、やがてマダム・クリティコスが自分のことをクリスチーナと呼ぶようにと言いだしたころには、お互いに気心が知れ始め、本音で話ができそうな気がしてきた。

「本当のことをお話しするとね、せっかくレオンが申し出てくださったのに悪いけれど、私はこの縁談にはどちらかというと反対なの。ニコスは結婚するにはまだ若すぎるし、のんびり屋で気がきかないから、マリサのようなさんざん甘やかされた娘さんはとてもあの子の手には負えないわ。でもね、レオンには主人が仕事の上でいろいろお世話になっているから、そうはっきりも言えなくてね……」マダム・クリティコスは肩をすくめてみせた。

「もちろん、財産の点からいえば申し分ないお話よ。でも、実はアテネでね、ここ半年ばかりの間、マリサのことであまり芳しくない噂《うわさ》が流れているのよ」マダム・クリティコスはクロエのいぶかしげな表情を見ると、もう一度肩をすくめた。

「クロエ、レオンから聞いていなかったかもしれないけれど、アテネの社交界はいやになるほど閉鎖的で、しかもゴシップ好きなの。社交界の花形のこととなったらなおさらね。レオンがパリからあなたを連れて帰ってきた時も、それは大変な騒ぎだったわ。あなたはギリシアじゅうの娘たちとその母親たちの羨望《せんぼう》の的だったのよ。だから、あなたが出ていってしまった時には、外国人を妻にするからそんなことになったんだって、レオンはどれほど攻撃されたことか。私がお話ししなくても、あなたにもだいたい想像がつくでしょう? あの時は誰もがひそかにレオンがあなたを離縁するのを期待していたと思うわ。ことにマリサはね。あら、ごめんなさい、こんなことを言って。お願い、気を悪くしないでね」黙ったままのクロエにマダム・クリティコスは話し続けた。「ひとり息子かわいさにマリサを毛嫌いしているわけではないけれど、もしもあなたがこれから幸せな結婚生活を築いていくつもりでいるのなら、あのマリサには十分気をつけたほうがいいわ。私、どうしても忠告しておきたかったの」思わず青ざめたクロエに、マダム・クリティコスはかすかにほほ笑んだ。「レオンはマリサを子供扱いにして甘やかしてばかりいるそうね。殿方はみなさん、美人の本性を見抜くのが不得意のようだけれど。それに身内がかわいいのはあたりまえですけどね。それにしてもね……」

もしかしたら、マダム・クリティコスはレオンとマリサの関係に勘づいているのではないかしら。一瞬クロエの胸を不安がよぎった。でも落ち着いてよく考えてみれば、それならそれで自分にとってはかえって好都合かもしれない。嘘《うそ》をついてでもレオンをかばうつもりでいたが、クロエはすぐに思い直した。マダム・クリティコスがもしもすでに事実を知っているのならば、話は簡単だ。ただこの島から脱出したいと打ち明けさえすれば、きっと快く協力してくれるにちがいない……。クロエは急に心が軽くなった。

マダム・クリティコスは話すのをやめていた。クロエに何か返答を求めているようだ。

「失礼しました。なんだかぼんやりしてしまって」

「いいのよ、クロエ、気にしないで。レオンとあなたは二度目のハネムーンの最中ですもの。主人の話だと、あなたがた、ずいぶん熱々らしいから、ぼうっとするのも無理ないわ。私たち、お邪魔にならないうちに引きあげなくてはね……」マダム・クリティコスは冷やかすように笑ってみせた。

クロエはほほ笑み返したが、レオンが友だちに話している内容を想像すると、内心穏やかではなかった。彼一流のやりかたで、すべて自分に都合よく話を作り変えているのだろう。おそらく次は、妻が子供を欲しがっているとでも言いふらすにちがいない。

「クロエ、マリサがいつも一緒とは本当にお気の毒ね。レオンも少しは気をきかせて、しばらくの間だけでもマリサをエレナ叔母さまのところへ預ければいいのに。あのかたはマリサのわがままをお許しになるようなかたではないから、ちょうどいいお薬になるのにね。

それにしても、マリサのあのいでたち！」マダム・クリティコスは眉をひそめ、さらに言葉を続けようとした。しかしちょうどパティオのドアが開き、ニコスとマリサの気配がしたために、あわてて口をつぐんだ。

ふたりはまもなくサロンへ入ってきた。ニコスは日焼けした顔を紅潮させ、マリサは見るからに退屈そうな顔をしている。

「私、レオンに頼んでアテネに連れていってもらうことにするわ。エオスなんて退屈で退屈で、どうかなりそうだもの」マリサは黒い髪をぞんざいにかき上げると、行儀の悪さを非難するようなクロエの目をにらみつけた。

ニコスが困惑したようにさらに顔を赤らめた。クロエは行儀の悪い子供を懲らしめるように、マリサのお尻を思いきりたたきたい衝動に駆られた。十代の反抗期ならいざ知らず、二十二歳にもなってこんな傍若無人なふるまいをするとは……。マダム・クリティコスの言うとおり、どうしようもないじゃじゃ馬娘だ。そうかと思うと、マリサには妙にろうたけたようなところもあるし、年に似合わぬ皮肉なものの見かたをすることもある。不思議な娘だわ。クロエはふと今までとちがった見かたでマリサを見たような気がした。

もしかしたら、マリサはレオンの庇護《ひご》のもとを離れるのが怖くて、兄を慕う気持を特別な愛情とすりかえてしまったのではないかしら。クロエの脳裏に、胸のうちを打ち明けた時マリサが見せた、恐ろしいほど真剣な表情が浮かんで消えた。幼くして両親を失ったマリサが兄レオンを心から慕い、誰よりも頼りにするようになったのは無理からぬ話だ。そして長じて優しい兄のもとを離れなければならない年齢が近づくにつれ、不安が募り、いつのまにか兄への愛の妄想にしがみつくようになってしまったのかもしれない。あれほどわがまま放題にふるまうのは、不安の反動だと考えれば、マリサの気持がわからなくもない。クロエにはほんの少し、マリサがいじらしく思えてきた。

しかし、だからといってレオンと特別な関係を持っていいというわけでは決してない。マリサの気持はわからないでもないが、レオンのほうは絶対に許せない。いくら富や権力があろうと、腹ちがいとはいえ妹と関係を持つなんて……。いつのまにかクロエはこぶしを固く握りしめていた。

「マリサ、そろそろお夕食のために着替えてきたほうがいいんじゃなくて？」やがてわれに返ったクロエは、そっとマリサを促した。

「あら、私を追い出して陰口をたたこうってわけね？　さあ、どうぞご勝手に。私はいっこうにかまわなくてよ。たとえニコスの母上が反対しようと、私はレオンがそうしろと言うなら、ニコスと結婚しますからね」マリサはすねたように言ってサロンを出ていった。

マダム・クリティコスはあきれ返った表情のまま微動だにしない。

「すみません。義妹《いもうと》が失礼なことを申し上げて」クロエは即座に謝った。「平気であんな大人げないことを言って……。きっとレオンに強く言われて、それで私たちに八つ当たりしたんでしょう。でもだからといって、あんな態度をとっていいわけはありません。後で必ず謝らせますから……」

「いいえ。マリサのことですもの、いやだと言うに決まっていますよ」マダム・クリティコスはそっけなく言った。「それよりクロエ、私はあなたのほうが気の毒で……。気をつけないと一生彼女のわがままの犠牲をしいられて暮らすことになるわよ。早く子供をおつくりなさい。そうすればレオンだってもっぱらわが子に愛情を注ぐようになりますよ」マダム・クリティコスは優しくほほ笑んだ。

そうはいかないわ……。クロエが心の中で苦々しくつぶやいた時、レオンがアレクサンドロスと一緒に戻ってきた。そして意外なことにまっすぐクロエのところに来て、ソファのひじかけに腰を下ろすなり、いとおしそうに肩を抱き寄せた。

「マリサはどこだい?」

「着替えに行ったわ」クロエは何げなく答えたつもりだったが、レオンは不自然さに気づいたらしい。クロエを見る目が急に鋭くなった。

「仲直りされて、本当によかったですね」アレクサンドロスはクロエにほほ笑みかけた。「今度はもう逃がしませんよ。子供ができれば、逃げ出したいなんて思わなくなるでしょうからね」レオンは悠然と口をはさんだ。

「いいぞ、いいぞ！　レオン、それでこそギリシア男子だ！」アレクサンドロスは陽気にはやしたてた。

　ようやくクロエは寝室に戻った。やっとの思いで逃れてきたというのに、そこはもはや自分だけの部屋ではなくなっていた。バスルームにレオンの小物が運び込まれ、ベッドの上にはダークブルーのシルクのローブが無造作に置かれている。お客の相手をしている間にメイドの誰かが置いていったのだろう。クロエは深呼吸するつもりで息を吸い込んだ。すると、急に涙がこみ上げてきた。

　なぜ涙が出るのかしら……？　レオンに傷つけられ長いこと泣き暮らしたというのに。涙はとうにかれ果てたはずだったのに……。自分でも思いがけない涙に戸惑っていると、急にドアが開き、クロエは身をこわばらせた。化粧台の鏡の中でクロエとレオンの目が合った。

「レオン、私、あなたと一緒にこのお部屋を使いたくないわ。もしもあなたが無理じいするなら、私、マダム・クリティコスのところへ行って洗いざらいお話ししてきます」クロエは静かに言った。

「いや、きみがなんと言おうと、ここはぼくたちふたりの部屋だ」クロエのわきにじっと立ったまま、レオンはきっぱり言った。「クロエ、ぼくはそんなむだ話をしに上がってきたわけじゃない。すぐにシャワーを浴びたいんだ」

　レオンはそう言うなり、シャツのボタンをはずし始めた。クロエはあわてて顔をそむけた。分厚い胸の感触を思い出すのが怖かった。

「なんて態度をとるんだ、クロエ」レオンの荒々しい声が静かな部屋に響き、クロエは思わず身を縮めた。「クロエ、二度とそんなふうにぼくから顔をそむけるな。今はぼくをどう思っていようと、必ずすぐにぼくを求めずにはいられなくなるんだから。クロエ、いいか、忘れるんじゃないぞ」

「やめて！」レオンに力いっぱい抱き寄せられて、クロエは必死で大きな体を押しのけようとした。早くしないと、レオンのぬくもりに身も心も負けてしまいそうだった。しかし、そうするまでもなく、レオンはさもばかにしたような顔をして、バスルームの方へ歩きだした。

「クロエ、きみは嘘つきな上に、臆病者《おくびょうもの》だ。ぼくたちの間にあるものを少しも見ようとしない。真実を認めようとしないじゃないか。きみは一生の間に何度経験できるかわからない大切なことを、ふいにしてもいいのかい？　たった一度きりの人生をむだにしてもいいのかい？　ぼくはそんなもったいないことはしたくないよ。クロエ、きみは過去から逃げようとしているが、忘れることができると思うかい？　人生には絶対忘れられない、忘れてはいけないことがあるんだぞ」レオンは戸口にシャツを脱ぎ捨てると、バスルームに消えた。

クロエは激しく心を揺さぶられ、しばらくの間茫然《ぼうぜん》とその場に立ち尽くしていた。が、まもなく元気を取り戻した。レオンはああ言って私を脅かそうとしただけだわ。どうやらこの部屋を一緒に使わざるをえないようだけれど、考えてみればそれもほんの少しの辛抱よ。マリサとニコスの結婚に賛成でないマダム・クリティコスが、そう長居するわけはないもの。少なくとも二、三日のうちには彼女たちと一緒に晴れてこの島を出ることができる！

クロエはやがてレオンと入れ替わりにバスルームに入り、しっかりと鍵《かぎ》をかけた。

5

その夜の食事はクロエにとって決して楽しいものではなかった。マリサは人目もはばからずにレオンに甘え、その様子をマダム・クリティコスがじっと観察している。いっそのこと、お客の前でレオンの仮面をはいでしまおうかしら。クロエはそう思ったが、できるはずもない。ただひたすらテーブルの端の席で不愉快な思いを噛《か》みしめていた。

レオンの注意をひとり占めにしていい気になっているのか、それともニコスとの結婚話を壊そうとしているのか。どちらにしてもマリサの態度は目にあまる。レオン以外の誰が話しかけてもうわの空で、返事をしたとしても、たいそうぞんざいな口のききかたをした。それにマリサが着ているスカーレットのシルクのドレスはカットが大胆で、どう見ても、もっと年上の女性が着るべきデザインだった。

レオンは、テーブルの周囲のこの白けた雰囲気に、本当に気づいていないのだろうか。さっきからニコスに向かって、父親と一緒に仕事をするのは楽しいかなどと、ひとりにこやかに話しかけている。穏やかな笑顔の下にずるさを隠して……。気の毒なニコス。レオンがニコスをマリサの結婚相手に選んだのは、彼のおとなしくて万事控えめな性格に目をつけたからにちがいない。

やがて、食事がすみ、全員応接間へ移った。開け放したパティオのドアから暖かい夜風が入ってくる。

「レオン、本当にすばらしい環境でうらやましいわ。クロエ、ここはハネムーンにうってつけの場所ね」マダム・クリティコスは気持よさそうに深呼吸をすると、ほほ笑みながら言った。そのとたん、マリサの目がかすかに暗くなった。

「レオン、ねえ、お庭をお散歩しましょうよ」しなだれかかるようにして腕をからませると、マリサはレオンの顔を熱っぽく見上げた。

お客の前だというのに平然と……。クリティコス家の三人の目にはどう映っただろう。クロエはぞっとして思わず手を握りしめた。

「泳ぐのはどう？　私、夜泳ぐの大好きよ。あのひんやりした水の感触がたまらなくすてきだわ。暗闇《くらやみ》の……」

クロエの意に反して、マリサとレオンが一緒に泳いでいる光景が脳裏に浮かび上がった。レオンがマリサをとらえキスの雨を降らしている。ちょうど、新婚時代クロエにしたように……。レオンに不機嫌な表情で見つめられているとも知らず、クロエは身震いした。

「マリサ、きみはお客さんのことを忘れてやしないかい？　さあ、ニコスと一緒に散歩しておいで。彼もきっとそうしたいと思っているにちがいないから」レオンは落ち着き払ってたしなめた。

たいした演技力だ。レオンのそつのなさには今さらながら恐れ入ってしまう。これで目の前でマリサとレオンの様子を見ていたクリティコス家の人々も、ふたりの関係を疑うことはないだろう。それに比べると、マリサのほうは正直だ。ニコスと散歩するように言われたとたん、あからさまにいやな顔をした。おそらくマリサは何かをたくらんでいるにちがいないが、クロエには見当がつかない。クロエはマリサの態度にそら恐ろしさを感じながら、かたずをのんで状況を見守っていた。

「どうやらマリサは行きたくないようだけれど、私はお散歩に行きたいわ。ねえニコス、私と一緒に行きましょう。お父さまはアテネからの電話を待っているそうですから」マダム・クリティコスが思わぬ助け船を出して、その場の気まずさを救った。

「ああ、そうなんだ。申しわけないが、その電話の内容いかんでは予定より早くアテネに戻らないといけなくなるかもしれない。大事な仕事なんでね」アレクサンドロスはレオンに詫《わ》びた。

仕事の都合というのはただの口実で、マダム・クリティコスがそう言うようにと入れ知恵したにちがいない。クロエは鋭く見抜いた。夫の考えがどうであれ、彼女はニコスとマリサの結婚話を白紙に戻すことに決めたのだろう。母親として当然のことだ。クロエは彼女を責める気にはなれなかった。それにしても、クリティコス一家が帰る予定を繰り上げたのなら、クロエも早急に脱出の準備に取りかからなくてはならない。その第一はパスポートを取り返すことだ。置いてある場所の目星はついている。離れにあるレオンの書斎だ。レオンと寝室が別ならば、みんなが寝静まったころを見計らってそっと書斎に忍び込むことができるのだが……。明日の朝まで待っていては遅すぎる。どうしたらいいだろう？

クロエはいつのまにか真剣に考え込んでいた。

「クロエ、あなたも一緒に来るでしょう？」マダム・クリティコスは優雅に腰を上げた。「みんなで行くことにしよう、アレクサンドロスも。電話が入ったら誰かを呼びによこせばいいよ」レオンが口をはさんだ。「エオスの本当の美しさは夜でなければわからない。闇のヴェールの下には悩ましい誘惑が隠されている。甘い香りに導かれて闇の中を進んでいくと、やがて不思議な魔力が体じゅうにみなぎり、そしてミステリアスな感覚がめざめてくる。視覚以外の、たとえば触覚のような……」

レオンの謎《なぞ》めいた言葉を聞いて、かつて暗闇の中で、なめらかな肌の上を滑っていたレオンの微妙な指の動きが生々しくよみがえった。私はなぜああも容易に、禁断の木の実をこの異教の神の手にゆだねてしまったのだろう……。クロエは苦いため息をもらした。レオンと私がもしも今、本当に愛し合い、求め合っているならば、ここエオスでの他の人々の存在はどんなにか邪魔にちがいない。ふたりきりで夜のしじまの中をさまよい、時折立ち止まっては甘い口づけを交わす。そして、もしかしたら木陰で、はるかな星に見守られながら永遠の愛を確かめ合ったかもしれなかった……。

「クロエ、大丈夫かい？」

レオンの声にはっとして目を上げると、全員ドアのところから心配そうにこちらを見ていた。そうだわ！　クロエの頭に書斎を探りに行くよい口実がひらめいた。

「ええ、少し頭が痛いの。失礼してやすませていただいていいかしら？」クロエはもっともらしく嘘《うそ》をついた。

「あら、そんなことを言わないで一緒に行きましょうよ」マダム・クリティコスは熱心に誘う。「おもてのいい空気に当たれば、軽い頭痛なんてすぐ治ってしまうわよ。ねえ、レオン、あなたからも勧めてちょうだいな……」

「レオン、さあ早く行きましょうよ。一晩じゅうこうして待っているつもり？　頭が痛いなんてどうせ仮病に決まっているじゃないの」業をにやしたマリサはわめくようにしてせきたてた。「頭痛がするというのはね、イギリス女がベッドをともにしたくない時に言う決まり文句なんじゃなくって？」

マリサのあまりにも露骨な言葉に、再び気まずい空気が流れた。

「おやおや、マリサにはもっと厳しいしつけが必要なようだわね」マダム・クリティコスの言葉をよそに、レオンは悠然と、全員を引き連れてパティオへ出た。

マリサはいったい何をしようとしているのだろう？　ひとり残ったクロエはマリサの胸中を思った。あの様子では、なんとしてでもレオンを説き伏せて、計画をやめさせようという気なのかもしれないわ。レオンの子供を産むわけにはいかないマリサにとっては、自分以外の女が彼の子供を身ごもるということは、耐えがたい苦痛にちがいない。気の毒なマリサ……。でもそんな哀《かな》しい気苦労も、私がパスポートを取り返し、クリティコス一家とともにこの島を出るまでのことだ。クロエはマリサを哀れに思いながら、脱出の決意を新たにした。

十分ほど待って、クロエは応接間を抜け出し、まっすぐ書斎へ行った。

初めて入る書斎の中は驚くほどがらんとしていた。明かりをつけるわけにはいかないが、幸い満月の光が差し込んで、パスポートを捜すには十分明るい。シンプルな白い壁の一方には本棚とカーボード。かなり高価なものにちがいないのに、レオンはファイリングキャビネットに使っているらしい。色鮮やかなペルシアじゅうたんが敷きつめられた床。そのほとんどを大きな机が占領していた。

さて、いったいどこから手をつけたらいいかしら？　自分のものを取り返すだけのこととはいえ、やはり人のものにこっそり手を触れるのは後ろめたい気がする。

しかし、クロエは気を取り直すと、机の右側の一番上の引きだしを開けた。きちょうめんに並んだファイルの背を急いで目で追ったが、どれもパスポートとは無関係だった。

二番目の引きだし。そこには日記帳とアドレスブックしか入っていなかった。みんなが戻ってくるまで、あとどのくらい時間があるかしら？　クロエはあせりを感じながら、反対側のそでの引きだしに手をかけた。鍵《かぎ》がかかっている！　クロエは力いっぱい引いたが、引きだしはびくともしない。

「甘かったわ……」落胆するあまり、クロエは人の気配に気づかなかった。

「どうやらそのようだね。だが、きみの仮病を見抜けなかったとはぼくもかなり甘かったよ」腕組みをして戸口に立ったレオンは、冷ややかに笑ってみせた。「クロエ、ところできみが捜しているのはこれかい？」胸のポケットからおもむろに取り出した鍵で引きだしを開けると、レオンはダークブルーのパスポートをクロエに見せた。

「お願い、それを返して」クロエは必死に訴えた。

「男の子を産んだら返してあげよう。ぼくは跡継ぎの息子を手に入れ、きみは自由を取り戻す。どうだい、フェアな交換だろう？」

「レオン、あなた、本気なの？　私があなたのために子供を産んで、そのままひとりで立ち去るとでも思っているの？　私は絶対……」

「絶対なんだい？　そうか、きみは自由になるだけでは不服なわけか。それで、いったい何が欲しいんだ、金かい、それとも宝石かい？」レオンはさげすむようにきいた。

「あなたという人は……」一瞬、書斎がしんと静まり返る。絶句したクロエの口から深いため息がもれた。

「言いたかったことを言ってもらって、すっきりしただろう?」レオンはクロエの顔をのぞき込んだ。

「とんでもないわ。あなたとこの島にいるかぎり、すっきりなんてするものですか」

「それなら早く男の子を産んでここから出ていけばいいさ」レオンはこともなげに言った。

「そんなこと……」クロエは体を硬くして立っていた。大きく見開いた目が、心の動揺を正直に物語っている。

　ほかの男ならば、これほど不安げな表情をまのあたりにしたら、かわいそうになって思い直したかもしれない。だが、レオンは薄笑いを浮かべやにわにクロエを抱き寄せると、荒々しく唇を吸った。クロエの怒りを封じ込めんばかりの長い口づけ……。抵抗しようにもきつく抱きしめられていて、クロエは身動きできなかった。

「クロエ、きみはぼくが欲しいんだろう? ごまかしたってだめさ」レオンはくぐもった声でささやいた。「むだなことはおよし。欲望を感じることは恥ずかしいことでもなんでもないんだから。クロエ、ぼくたちはふたりとも……」

　知らず知らずのうちに、夢見心地になっていたクロエは、はっとわれに返ると、レオンを力いっぱい押しのけた。「レオン、そんなまやかしはもう通用しないわ。あなたは欲望を満たすためだけに私を求めているのよ。私にはちゃんとわかっていてよ」

立ち去ろうとしたクロエをレオンの手が荒々しく制した。

「みんなが戻ってきた。どうやらマリサはニコスとはうまが合わないようだな」窓の外をながめながら、レオンは苦々しくつぶやいた。

「がっかりした？　マダム・クリティコスはこのお話に気乗りしていない様子だわ」

「きみは彼女を説得したのかい？　しなかった、そうだろう？」レオンはかすかに口もとをゆがめた。「きみとマリサはもともと仲がよくないからな。だが、だからといってこんな大事な時に女どうし足を引っぱり合わなくてもいいだろうに……」

「足を引っぱるだなんて、そんなつもりはまったくないわ。マリサに対する感情とは無関係よ。それより、レオン、あなたこそ、よく平気でマリサをお嫁にやれるわね。いつも……いつも……」レオンとマリサの特別な関係をどう表現したものか、とっさに言葉が見つからなかった。「わかるでしょう、私が何を言いたいのか。私、ニコスが気の毒でしかたないわ」クロエは不器用にしめくくった。

「あら、クロエ、ここにいたの」マダム・クリティコスの声が陽気に響いた。「一緒に来ればよかったのに。せっかくの月夜だというのに、レオンときたら、あなたがいないものだからさっさと先に戻ってしまって……」

クロエは調子を合わせて笑ってみせようとしたが、うなじに置かれたレオンの熱い手が気になって笑えなかった。

「申しわけありませんが、お先にやすませていただきます」クロエはレオンの腕をすり抜けるようにしてその場を離れた。やがて廊下ですれちがったマリサの目には、敵意が満ち満ちていた。

自分の部屋へ戻ったクロエはほっとため息をついた。でも、この部屋はもはや私だけの部屋ではないんだわ。今夜からはこの部屋と、そしてベッドを、レオンとともにするのだ。

クロエはベッドに横たわった。しかしレオンにすきを見せてはならないと思うと、気持が高ぶってなかなか寝つかれなかった。

二時過ぎ、ドアの外で足音がして、まもなくレオンが入ってきた。そして乱暴にディナージャケットを脱ぎ、ベッドの上にほうり投げて初めて、クロエがベッドにおらず、いすに腰かけていることに気づいた。

「クロエ、頼むから今夜はもうこれ以上面倒な話はよしてくれ」クロエに、レオンはうんざりした表情を見せた。「たった今アレクサンドロスから、今回の話はなかったことにしてほしいと言われたばかりなんだ。なんでも奥さんがマリサはニコスの妻にふさわしくないといって聞かないらしい。お互いに後味の悪い結果になってしまって残念この上なしだ」

心なしかレオンの肩が落ちている。クロエは自分のことは別として、レオンを気の毒に思った。

「かえってそれでよかったのではなくて？　たとえもしクリティコス家が乗り気になったとしても、おそらくあなたはマリサを説得しきれなかったと思うわ」

「マリサはまだ子供だ。ぼくの監督下にあるうちはぼくの言うとおりにすればいいんだ」

レオンは苦々しげに眉をひそめた。

「結婚も？　愛してもいない相手と結婚しなくてはいけないの？」

「クロエ、その答えはきみが知っているとおりだ。ぼくたちがしたと同じ苦い経験を人にもさせるのは決して好ましいことではないよ」壁にもたれていたレオンが体を起こすと、かすかに酒くさいにおいが漂ってきた。

「あなた、酔っているのね」

「いや、ちがう。ずっと飲んではいたが酔っ払ってはいない」レオンはボタンを引きちぎるようにしてシルクのシャツの胸もとをはだけた。「クロエ、お願いだからそんな目でぼくを見るのはよしてくれ。まるで悪魔でも見るような目じゃないか！　ぼくはしごくあたりまえの男だ。抱いている欲望も欲求も、ほかの男たちと何ひとつ変わらない。食べることも、飲むことも、女性を愛することも……。そしてこの手にわが子を抱きたいと思うことだって……」

　クロエはもう少しのところでレオンに手を差しのべてしまいそうになり、あわてて自分を制した。部屋が突然、息苦しく感じられた。

「あの、私……少し散歩してくるわ。いい空気が吸いたくなったの。私……」思わず声が震えた。

「いったい何を言おうとしたんだ」レオンは不意にクロエの腕をつかんだ。頬はこわばり、グレーの目の中で怒りがくすぶっているように見える。「そうか、汚らしくてこれ以上ぼくと同じ空気は吸えないというわけか。わかった、もういい。だが、言っておくが、きみはぼくの妻だ。ぼくは必ずきみに子供を産ませてみせるからな。夫として当然の権利だ。それに、ギリシア人の誇りにかけても、絶対に……」

「それならなぜ早くそうしないの？」クロエはつい感情的になってしまった。「私をさらうようなことを平気でしておいて、今さら何をちゅうちょしているのかしら？　もしかしたら、私のほうからあなたの腕の中へ飛び込んでいくのを待っているの？　そうなの、レオン？」

「以前のきみはそんなじゃなかった……。クロエ、もう一度あのころに戻ろうじゃないか」レオンはそっとクロエの腕に触れた。

「やめて、触らないで！」思わず口をついて出た言葉だったが、自分自身を戒める言葉でもあった。しかしそうとは知らないレオンは、さっと顔色を変えた。クロエはすぐに不用意なひと言を悔いたが遅かった。

「この偽善者の猫っかぶりが！　あれほどぼくを求めていたくせに。いいか、この手できみを必ずもとどおりにしてみせるからな」

「体だけはそうできるかもしれないわね」クロエは内心自分でも驚くほど落ち着き払って答えた。「でも男と女の本当の結びつきは肉体的なものだけではないはずだわ……。あら、レオン……何をしているの?」

「どうやら今度はぼくのほうがいい空気を吸いに行かなくてはならない番らしい」レオンはシャツのボタンをはめ直すと皮肉っぽく笑ってみせた。「妙に感傷的な気分になってしまった。クロエ、先に寝ていてくれ」レオンはうつむきかげんで部屋を出ていった。

いったいどこへ行っていたのだろうか? レオンは朝早くに戻ってきて、クロエが目を覚まさぬうちに再び出ていったと見える。窓から差し込んできた光でひとり目を覚ましたクロエの目に、かたわらのへこんだ枕《まくら》がむなしく映った。しだいしだいにせつない思いが募ってきたが、考えてみるとこんな気持の時にレオンがそばにいなくてよかった。またしてももろい自分をさらしてしまうところだ。クロエはふっとため息をつくと、バスルームへ行き冷たい水に打たれた。

やがて、階下《した》へ下り、ジーナに言われたとおり朝食のしたくの整ったパティオへ出た。やがて二杯目のコーヒーを飲み始めたところへ、クリティコス一家がそろって姿を現した。

「海の空気が体にいいせいかしらね、それとも車の音がしないせいかしら。いい気持で眠っていて、つい寝すごしてしまったわ」マダム・クリティコスはほがらかに笑った。「クロエ、こんなに美しい島で暮らせるなんて、あなたはなんて幸せなんでしょう」

「こんなぜいたくな暮らしができる大富豪と結婚してなんて幸せなの。クリスチーナ、きみはそう言いたいんだろう?」アレクサンドロスは妻を茶化した。

どうやら彼らは今日一日ゆっくりこの島にとどまっているつもりでいるらしい。おそらく、すぐに帰ったのではレオンの気持を逆撫《さかな》ですることになると判断したのだろう。ニコスはマリサがテーブルについていないとわかって、ほっとした表情をしている。なんとかして彼らがここを出るまでに、パスポートを取り戻し、ヨットにうまくまぎれ込まなくては……。

「一番いいビーチはどこでしょうか?」朝食を終えると、ニコスは恥ずかしそうにクロエに尋ねた。

プールより海で泳ぎたくなったらしい。マダム・クリティコスはとても泳ぎそうにはみえないし、アレクサンドロスはレオンと仕事の話がありそうだ。クロエはニコスと一緒に出かけることにした。

早速、ハウスキーパーのカチーナに道順を教わり、ジープに食料の詰まったバスケットを積むと、ふたりは島の突端の入江をめざした。

「ニコス、遅くならないうちに戻ってくるのよ」マダム・クリティコスは見送りながらくぎを刺した。

起きてからついに一度もレオンの姿もマリサの姿も見かけなかった。この結婚話が白紙に戻ったことを、レオンはもうマリサに告げたのだろうか。クロエはふと思った。

その入江の両側は崖《がけ》になっている。ビーチに行くにはジープを止め、岩場を切り開いてつくった狭い階段を下りていかなければならない。ニコスは片手にバスケット、もう一方にタオルを持ち、先に立って歩きだした。時折、心配そうに後ろを振り返る。クロエの心に優しい気づかいがほのぼのと伝わってきた。

「大丈夫よ、私、足もとがおぼつかないほどまだ年寄りじゃないから」クロエはニコスをからかった。

「すみません。そういうつもりではなかったんです」やがてビーチに下りたクロエに、ニコスはきまじめに謝った。「あなたはとてもおきれいです。本当にお美しい……。レオンはまったく幸運な人ですよ」ホルターネックのトップとショートパンツ姿のクロエをまぶしそうに見つめながら、ニコスはため息をもらした。

「おせじを言うのはやめなさい。ここへは泳ぎに来たということを忘れないように!」クロエは照れかくしに、わざと命令口調で言った。

クロエはトップとショートパンツを脱ぎ捨て、前もって着ていたビキニ姿になると、ひとりで海の中へ入っていった。ほてった肌に、シルクのようにひんやりした海の水が心地よい。

「あなたとここへ来たのは正解だったわ。ほら、こんなに！　プールよりずっと気持いいわ！」白い海水パンツ姿で後を追ってきたニコスにクロエは上機嫌で言った。

ニコスは見事なクロールで、入江のまん中に突き出た岩に向かって泳ぎだした。クロエは目を閉じてあお向けに浮かびながら、寄せてくる波の音に耳を傾けているうちに、いつのまにかうとうとしてしまっていた。

急に水しぶきが顔にかかり、クロエははっとして目を開けた。するとすぐ横にまっ白な歯をのぞかせた、いたずらっ子のようなニコスの笑顔があった。

「そろそろランチにしましょうか？　ニコス、さあ、ビーチまで競争よ！」クロエもにっこり笑ってみせた。

先にスタートしたにもかかわらず、クロエはニコスについていくのがむずかしかった。見事な泳ぎ、ちょうどレオンみたい……。レオン！　その名前を思い浮かべたとたん、クロエは自分が差し迫った状況に置かれていることを思い出した。

ランチの間、クロエは何げなくヨットの中の様子をききだした。無事ヨットが海上に出るまでの隠れ場所を、前もって決めておかなければならない。ニコスの話によると、ヨットにはキャビンが合計六室あり、そのうち前方にある二室は現在改装中で使われていないとのことだった。

クロエはパスポートを取り戻ししだい、そのまますぐにヨットにもぐり込むことにした。

当初考えていたように、ショッピングを口実にして、クリティコス家の人たちとアテネに行くことを頼み込むやりかただと、レオンに丸めこまれる恐れがあるからだ。それに、改装中のキャビンに隠れたままでアテネまで行くことができれば、クリティコス一家に迷惑をかけずにすむ。たとえ、どんなに同情してくれていても、できることなら余分な迷惑はかけたくなかった。

ランチの後、ニコスはビーチを散策し、クロエはその間日光浴を楽しんだ。それからふたり一緒にひと泳ぎした後で、ヴィラへ戻る準備を始めた。

「あなたが着替えをする間、ぼくはどこかへ行っていましょうか?」

「いいえ、それには及ばないわ。私のビキニはもう乾いているから、この上にトップとショートパンツを着ればいいだけですもの」クロエは立ち上がって体についた砂を払った。

「もっとゆっくりできなくて残念ね」一歩後ろへ下がったとたん、クロエはとがった貝がらで足を切った。あまりの痛さによろけかかったが、ニコスがとっさに支えてくれた。

ニコスはすぐさまクロエの足もとにひざまずき、傷の具合を丹念に調べた。その様子を崖の上から長身の男が苦々しい面もちでながめていることに、ニコスもクロエもまったく気づかなかった。

「よかったわ、浅い傷ですんで。もっと気をつけなくちゃね」やがてクロエはニコスの後をついてジープへ戻った。

ヴィラへ帰ると、パティオには人影がなく、ホールでばったり会ったマリサの話では、全員サロンに集まって飲み物を飲んでいるとのことだった。

クロエはシャワーへ直行した。すると部屋のドアが開く音がして、彼女はとっさにタオルで体を隠した。入ってきたのはレオンだった。

「何をしている?」レオンは怖い顔でクロエをにらみつけた。「キスの跡を消そうとしてもむだだよ。さっきこの目できみたちが仲よくしているところを見させてもらった。ごまかそうとしてもだめだ。なるほどね、やっときみがマリサとニコスの結婚話にいい顔をしなかったわけがわかったよ」レオンはまったく弁解の余地を与えなかった。

「レオン、あなたという人は……」クロエの手からタオルが滑り落ちた。クロエが顔をまっ赤にしてそのタオルを拾い上げる間、レオンは悠然とクロエの体を見下ろしていた。

「せいぜいお客に感謝するんだな。彼らがいなければ容赦なく罰を与えるところだ。人妻の身で、あんなことをするとはもってのほかだ。クロエ、忘れるんじゃないぞ、今夜お客が帰った後は、ぼくとふたりきりになるんだからね」レオンは薄笑いを残して出ていった。

まもなく、服を着てアイシャドーをさしているところへ、マリサがノックもせずに入ってきた。

「レオンはどこ? 私、ちょっと用があるの」

「ここにはいないわ」一刻も早く出ていってもらいたくて、クロエはそっけなく答えた。

「あなた、よくここにいられるわね。レオンが欲しがっているのは子供だけだということも、あなたはそのための道具だとしか思われていないってこともわかっているのかしら。どうしてそんなに平気でいられるの?」

「あなたには平気なように見えるの?」クロエはアイシャドーを置き、マリサの方に顔を向けた。「パスポートのことがね、少しばかり気がかりなの……。それと、もうひとつは……」

「パスポートさえ手に入ったら、ここを出ていくってこと?」マリサは性急にクロエの言葉を遮った。「でも、どうやって取り返すの?」

「方法はなくもないわ」クロエはあいまいに答えた。マリサはクロエがこの島を出ていくことを望んでいる。しかし、だからといって彼女がレオンに言いつけないという保証はどこにもなかった。

「本当に出ていく?」

「ええ、すぐに」クロエはマリサがドアの方へ歩きだしたのを見て、眉をひそめた。「どこへ行くつもり?」

「あなたのパスポートを取りに行くのよ。レオンの机の鍵つきの引きだしの中に入っているの。私にまかせておいて。スペアキーがどこにあるか、私、ちゃんと知っているから。でも、パスポートを渡したら、まちがいなく出ていってちょうだいよ。そして二度と戻ってこないで。いい？　約束したわよ」

クロエはうなずいた。かわいそうなマリサ。彼女は一面妙に大人びている反面、まだまだ子供の部分が多い。兄レオンを慕う気持を、恋心とすりかえ、若さを傷つけてしまった子供……。

「パスポートは夕食の後、プールのところで渡すわね」マリサは約束して出ていった。

夕食の間、マリサはゆうべと打って変わって上機嫌だった。レオンがきつねにつままれたようにマリサの顔に見入っているのも無理はない。それにしても、レオンはいったい何を考えているのだろう？　何をもくろんでマリサを無理やり結婚させようとしているのだろう？　特別な関係にある妹を嫁がせるのは、妻であるクロエとの間に子供をもうけるため、はたしてただそれだけのことなのだろうか……。

「クロエ、アテネにいらしたらぜひうちへ寄ってくださいね。一緒にショッピングに行きましょう。レオン、今度アテネに出張の時はクロエもぜひ一緒に、ね？」マダム・クリティコスはにこやかにほほ笑みかけた。

「あいにくですが、向こう三カ月はアテネに行く用事はないし、ぼくが行くころにはたぶん家内はヘリにもヨットにも乗れない状態になっているのではないかなあ……」レオンはすました顔で答えた。

「あら、毎年秋にはアテネへ行くじゃないの」マリサは眉をつり上げた。

「いや、今年は例外だ。だが、マリサ、きみは行ってかまわないよ。ぼくが必要な手配はしてあげよう」

見るまにマリサの顔が青ざめた。レオンには血も涙もないのだろうか……。マリサがどんな気持になるか承知の上で、平然とこんなことを言うなんて。クロエは愕然《がくぜん》としながら、マリサをそっと見守った。

「クロエ、よけいなことを言うようだけれど、マリサはレオンのこととなると感情的になりすぎやしないこと？　二、三カ月だけでも誰か厳しい人に預かってもらったらどうかしら？　悪いことは言わないわ、ぜひそうなさいな」クロエとふたりきりになると、マダム・クリティコスはいかにも心配そうに言った。

クリティコス一家の出発は十時。クロエは九時にこのプールのわきでマリサに会うことになっていた。闇にまぎれてもう十分も待っているのに、マリサはまだ現れない。来ないかもしれないわ。悪い予感が当たってしまったのかしら……。やがてクロエが落胆し、あきらめかけたところへマリサはけろりとした顔で現れた。

「はい、どうぞ」マリサはパスポートを差し出した。「これで私の役目は無事終了。こんどはあなたが約束を果たす番だわ。約束を守らなかったりしたら、ひどい目にあわせるわよ。忘れないでね、レオンが愛しているのは私、この私ひとりだっていうことを！」クロエが返事をする間もなく、マリサは闇の中に姿を消した。

私のパスポートにまちがいないわ！　クロエは手の中のパスポートに目を凝らした。これさえ取り戻せば、後はこっそりヨットにもぐり込みさえすればいい。しかし、くれぐれも細心に、注意深く……。なんとしてでもこの島から脱出しなければ。大事を目前にして、クロエは新たに決意を固めた。

6

ことは予想外に順調に運んだ。

おおげさに見送られるのは好きではないからとマダム・クリティコスが言いだしたために、船着き場へはレオンだけが同行することになった。クロエはレオンの運転する車が見えなくなるとすぐ、近道を抜け、船着き場へ先回りした。

出航直前のヨットに誰もいないはずはない。クロエは息を殺してタラップを上った。そして、運よく見とがめられずにデッキへ出ることができた。

クロエはさらに暗がりを手探りで進んだ。キャビンへ通じる急な階段をやっとの思いで下りると、今度はまっ暗な廊下が待ち受けている。クロエはいっそう気を引きしめ、慎重に一歩を踏みだした。そのとたん、突然頭の上で音がして、クロエはとっさに一番手前のキャビンに身を隠した。

キャビンの中もまっ暗闇《くらやみ》で何ひとつ見えない。舷窓《げんそう》が閉まっているらしい。足に伝わってくるエンジンの振動が恐怖をさらにかき立てる。クロエは全身を耳にして、足音が聞こえてくるのを待った。一分、二分……。いつもより時のたつのが遅く感じられる。しかし、結局誰も下りてはこなかった。クリティコス一家は、ヨットが島を離れてからキャビンへ下りるつもりでいるのかもしれない。

やがて、気持が落ち着くと、クロエの脳裏にレオンの姿が浮かんできた。たくましい体、しなやかな身のこなし、情熱をひめた目。レオンの何もかもがクロエの心をときめかせる。そのときめきに自分は何度すべてを忘れ、身も心も許しそうになったことか……。

エンジンの音が変わり、まもなくへさきにはじける波の音が聞こえだした。クロエはまっ白な船体が暗い海面を滑るように進んでいく姿を思い描きながら、ほっと安堵《あんど》のため息をもらした。

暗闇の中、おおよその見当をつけてなんとかベッドを探り当てると、クロエは端のほうに腰を下ろした。しだいに満足感がこみ上げてくる。ついにやったわ。ついにエオスから、レオンから逃れることができた！　クロエは心の中で叫んだ。でも、なんとなく心にひっかかるものがある。いったいこれは何かしら……？

クロエが思いあぐねていると、急に勢いよくドアが開き、まぶしい光が飛び込んできた。〝すみません、無断で入り込んだりして……。実は夫婦げんかをして、こっそり逃げ出してきたんです〟万が一、見つかってしまった時のために考えておいたせりふを言おうとしたとたん、まぶしさに慣れた目に長身の男の姿が映った。

「レオン……！」

「驚いたかい？」レオンは後ろ手にドアを閉めると、明かりのスイッチに悠然と手を伸ばした。

マッシュルームのような形をしたランプに明かりがともると、暗闇は豪華な寝室に一変した。カーテンはピーチ色のシルク、同色のベッドカヴァーには美しい手刺しゅうが施されている。家具類は現代風な作りつけの一式。これほどの家具は格調高い雑誌の中でしか見たことがない。厚みのあるピーチ色のカーペットの向こうに見えるドアは、おそらくバスルームの入口だろう。

「ここは一等船室だ。どうだい、気に入ったかい？」レオンの低い声が沈黙を破った。

「なぜ……どうしてあなたがここに？　いったい何をしているの？」クロエは尋ねながら内心、マダム・クリティコスかアレクサンドロスがタイミングよく現れてくれないものか、そうすればこの窮地を切り抜けられるのに、と思っていた。

「それはぼくが言うせりふだよ。だが、もうことさらきく必要はあるまい。きみがここで何をしているか、というよりきみは何をしているつもりだったか、お互いすでに承知しているわけだからね。クロエ、きみはぼくから逃げ出そうとしていたんだろう？　クリティコス一家が帰る時を利用して、エオスを抜け出すつもりでいたんだろう？」

「ええ、そのとおりよ。事実、うまく抜け出せたわ」クロエは平然と答えた。そしてその一方で自分とドアまでの距離を目測していた。クリティコス一家のところまで行きさえすれば、レオンもまさか彼らの面前で醜態をさらすようなことはしないだろう。

「ほう、抜け出せたねえ」

「ええ、抜け出せましたとも！」クロエは叫んだ。「それに、もしもあなたが私をアテネで降ろさないとでも言いだしたら、私はクリティコス家の人たちに何もかもすべて洗いざらい話しますから、そのおつもりで」

「すべてだって？　ということは、マリサをそそのかして鍵《かぎ》のかかったぼくの引きだしからパスポートを取ってこさせたところから話すわけだね？」クロエが訂正する間もなく、レオンは話を続けた。「そんなことを話してきみのためになるかどうか……。それよりもはたして彼らはきみの話を聞くだろうかねえ……？」レオンの口もとに意味ありげな薄笑いが浮かんだ。「クロエ、きみは確かにうまくやった。が、万全ではなかったようだ。実はね、クロエ、夕食の前にアレクサンドロスが大切な書類を書斎に置き忘れてね……」クロエの体を戦慄《せんりつ》が走った。「ぼくが代わりに取りに行ったんだ。そうしたら閉めてあったはずの引きだしが開けられ、そのままになっていた。ぼくにはきみのしわざだとすぐにぴんときた。ぼくがここへ来る直前、マリサがやってきて、きみに頼まれて引きだしの中をかき回したと白状したが、その前にすでにきみのもくろみが読めていた。だから前もってクリティコス家のヨットとぼくのヨットを入れ替えておいたのさ。ヨットを入れ替えさせるぐらい造作のないことだからね」

「これは……あなたのヨット、なの?」クロエはあぜんとした顔でレオンを見つめた。

「つまり、私は、その……」

「せっかくエオスから脱走したつもりがなんのことはない。結局は牢《ろう》がここに変わっただけで、きみは囚《とら》われの身であることに変わりはないのさ。クロエ、このネメシス号の乗客はきみとぼくのふたりきりだ。ロマンティックな犯行に及ぶには打ってつけの場だろう?」

「行かせてちょうだい!」クロエはレオンのわきをすり抜けると、一目散に駆けだした。しかし、すぐにたくましい腕に取りおさえられてしまった。

「行くって、いったいどこへ行くつもりだ? まさか芝居みたいに船べりから身投げしようというわけではないだろうね」

「あなたの言うことをきくぐらいなら、そうしたほうがよほどましだわ! 誰があなたなんかと、ふたりきりでいるものですか。私は……」

「やめろ、もうたくさんだ!」ヒステリックにわめきだしたクロエを、レオンは乱暴に抱きかかえベッドへ運んだ。「クロエ、言っておくがぼくは夫として当然のことをしているだけだ。以前の素直なきみはいったいどこへ行ってしまったんだ。こんなばかげたことを、きみはいつまで続ける気なんだい?」

「私がばかげたことをしているですって？　とんでもないわ。ばかげたことをしているのはあなたのほうじゃないの。マリサに突き落とされて、いえ、私が階段から落ちて子供を亡くしたから、今こんな目にあわされているんでしょう？　たしかあなたはそう言ったわよね。そのほうがよほどばからしくて、まったく理不尽だということがあなたにはわからないの？　しかも、私をまるで子供を産むための道具のように扱うなんて、あなたという人はなんて冷酷なの？　そんな扱いを受けたら、どんな気持がするか、あなたは考えてみたことがあって？」

「いや、全然」レオンはそっけなく答えた。「だがクロエ、きみのほうこそ財産めあてに結婚された男の気持がわかるのかい？　なぜきみはぼくと離婚しなかった？　いいよ、答えなくても。きみがいまだに離婚を申し立てずにいるのは、時間かせぎのためなんだ。結婚している期間が長いほど、慰謝料を多く請求できるからだ。そうだろう？　ちがうかい？」レオンはさも苦々しげに言った。

悔し涙がこみ上げてきて、クロエは急いで顔をそむけた。なぜ離婚しないでいるのか……。それは……それはおろかしくもレオンを愛し続けているからだ。そしていつかきっと心から愛し合える日が来るというせつない望みを断ち切れずにいるからだ。

「私があなたと結婚したのはお金めあてだった。あなたはそう言いたいわけなのね？」

「ああ、そうだ。そうではなかったとでも言うつもりかい？」レオンは皮肉っぽく口をゆがめた。「クロエ、ゲームはよして実のある話をしようじゃないか。ぼくは知ってのとおり、金は有効に使いたいと思っている。そしてきみに関していえば、今までのところ投資するばかりでそれに見合うだけの見返りがない。だから、ぼくはこういう状況下で経営者として下すべき判断を下すことに決めた」

「私を離縁することにしたの?」クロエはおずおず尋ねた。たった今、レオンを愛していることを確認したばかりだというのに……。とんだブラックコメディだわ。

「いずれ後でな。だが、その前にしておくことがある。放棄する前に、投資した分は少しでも多く回収しなければならない。少し年はとったが、きみはまだまだ捨てたものでもない。おっと、気をつけろ、もう一度そんなことをしたら、もっと痛い目にあわせるぞ」クロエが思わず振り上げたこぶしをレオンはすばやくつかまえた。

「わかったわ」クロエは素直に答えた。

「言っておくが、この件に関してはきみにはなんの発言権もないからね」

穏やかな声がかえって不気味だった。海の上のヨットにレオンとふたりきり。乗組員はいるにはいるが、雇い主であるレオン以外の人間の言うことに耳など貸すはずはない。今置かれている状況をクロエにあらためて思い知らせるかのような言葉だった。

「異議はないのかい?　もっともあったとしても、常識からいって言いだすわけにはいかないだろうが。さてと、クロエ、お互い、腹を割って話そうじゃないか。きみもそのほうが楽なはずだよ。マリサから聞いた話では……」

クロエはレオンをじっと見つめながら次の言葉を待った。マリサはさぞ忙しかったことだろう。まず、クロエに引きだしを開けるようにそそのかされたとまことしやかに話し、それから……。マリサはレオンに何を話したのだろうか？　クロエはマリサの顔を苦々しく思い浮かべた。

「きみは財産めあてにぼくと結婚した。子供を身ごもることはきみの計画には含まれていなかった。だから妊娠したとわかって、また別な企てをした。マリサはそう言ったが、ちがうかい？　ぼくがなんのことを言っているかわかっていると思うが……」

優しい声だが、まちがいなく脅しだ。クロエは身の毛がよだつ思いだった。そんなことは言っていないわ。声を大にして叫びたかったが口が言うことを聞かない。そればかりかレオンが近寄ってきても、凍りついた彫像のように、ただじっと立っていることしかできなかった。

「さて、もしもぼくたちの仲を清算するとしたら、取り分があるのはぼくだけだと思うが……。このドレスだってこのぼくが買ったものだし」レオンは乱暴に淡いグリーンのシルク地をつかんだ。

次の瞬間、クロエがあっと思った時には、薄いシルクは引きちぎられ、あらわになったきゃしゃな体を、レオンが暗い目でじっと見ていた。

「クロエ、ぼくはいったいきみのどこを憎んでいるんだろうね」レオンはくぐもった声でつぶやきながら、クロエの体を軽々と抱き上げベッドへ運んだ。「ぼくの子供を殺したことか、それともぼくの判断への自信を打ち砕いたことなのか……。ぼくはきみのことをはにかみ屋で純真な娘《こ》だとばかり思っていたのに、実際は……。もっと早く見抜くべきだったんだろうね。トップモデルとして華やかな世界に生きていたきみが、いまだに純潔だと知った時、ぼくはきみの気高さ、清らかさに心打たれた。しかし、きみが純潔を守っていた本当の理由は少しでも自分を高く売るため、玉の輿《こし》に乗るためだったんだ。ぼくはまんまと引っかかったというわけだ」

「ちがうわ……」クロエは絶句した。突然鋭い刃物でえぐられたような胸の痛みは、レオンとマリサの関係を知った時以上に激しい。

「いや、そうだ」血の気の失《う》せたクロエの顔をのぞき込んだグレーの目は怒りに燃え、硬い表情の顔には苦渋の色がにじみ出ている。「クロエ、潔くそうだと白状したらどうなんだ」

クロエは顔をそむけた。しかし、レオンにあごをつかまれ、すぐもとに戻されてしまった。

「言うんだ、早く。ぼくはこの耳ではっきりきみが白状するのを聞きたい」

「本当にちがうの！」熱い涙が頬を伝い、その頬を包み込んでいるレオンの指を濡《ぬ》らした。

「クロエ、きみは嘘《うそ》つきだ！　嘘をつくと神さまの罰が当たる、子供の時そう教わらなかったかい？」レオンはそう言うなりクロエの唇を奪った。神に代わってクロエを罰するかのように……。

「私、嘘なんかついていないわ！」クロエは必死に訴えた。

「もういい。下手な芝居はたくさんだ」レオンは唇をゆっくり胸の方へはわせた。「もっと早く真実に気づけばよかった。そうすればもっと早くきみに対してそれなりのことができたのに。だが、幸いなことに手遅れにはならずにすんだ。今まできみにかけた金の見返りに、今夜はせいぜい楽しませてもらうとしよう」

「レオン……」

「今さら弁解しようとしても時間のむだだ。クロエ、きみは〝詐欺〟という言葉を知っているかい？　うまいことを言っては人をだまし、金や物を奪うことだ。言っておくがね、ぼくは詐欺にあうのはまっぴらだ」

レオンは荒々しくクロエの震える唇を吸い、両手首を枕《まくら》のわきで押さえつけた。恐怖に駆られ、クロエは逃れようとして必死にもがいたが、レオンの体はびくともしない。それればかりか、たくましい体には早くも欲望がみなぎってきている。クロエは愕然《がくぜん》とした。レオンの欲望から逃げきることはできない。クロエは身にしみてわかっていた。

クロエは身を硬くした。せめてもの抵抗のつもりだった。しかし、レオンのぬくもり、香り、体の重み、すべてがクロエの情熱をかきたてずにはおかない。レオンは片方の手を放すと、レースのついたブラをはずし、巧みな愛撫《あいぶ》でクロエを陶酔の世界へいざなっていった。クロエはあえいで、思わず激しいキスを受け入れた。唇に血の味がした。長い間抑えつけてきた情熱が、今、クロエに苦い思い出を忘れさせ、彼女の心をハネムーンの熱い日々へ連れ戻した。

「レオン……」甘い吐息。クロエの心の中で、長いこと憎悪の黒いヴェールに覆われていたレオンへの愛情が、せつないほど燦然《さんぜん》と輝きだした。

レオンは何も言わず、ひたすら首すじから胸へ、熱い口づけの雨を降らし続けた。クロエは夢中でレオンにしがみついた。そして黒い髪をまさぐりだした時、レオンはあまりにも唐突に起き上がり、彼女の肩をつかんで、ワードローブの鏡に顔を映させた。

「クロエ、さあ、自分をよく見るんだ。きみは財産めあてにぼくと結婚した、たしかマリサにそう言ったはずだ。だが、ぼくがきみに何か宝物でもあげたかい？　そんなことはないだろう？　ぼくは何ひとつ物質的なものを与えた覚えはないよ……。クロエ、きみは自分を偽っている。もしもそうではないと言い張るつもりならば、その前にマリサに言った言葉を、もう一度そっくり聞かせてもらおうじゃないか」レオンは冷ややかに言った。

クロエは快楽にのまれた自分の姿がのろわしかった。「お願い……」かぼそい声は屈辱感に震え、それがレオンの復讐《ふくしゅう》の炎にさらに油を注いだ。

「お願い？　何をしろと言うんだ。ひとりにしてほしいのか、それとも今夜一晩じゅうかけて、その体に真実を思い知らせてほしいのかい？」

クロエは目をつぶった。しかし、レオンの形相も、そしてマリサのしたことに対する憤りも決して消えはしなかった。しかし、レオンはマリサの言葉をうのみにして、財産だけをめあてに結婚したと、クロエのことを憎悪している。しかし、自分のしたことにはなんのやましさも感じていないのだろうか。クロエを妻に迎えた本当の理由を、レオンは正々堂々と言えるのかしら……。レオンは愛情を求めはするが、決して相手に自分の愛を注ごうとはしない。もしかしたら、誇り高いギリシア男の血がレオンにそういう身勝手をさせているのかもしれなかった。

「クロエ、心配しなくていいよ。初めから今夜はきみとずっと一緒にいるつもりでいたんだから。ただ最初に思い出しておいてもらいたくて言ったまでのことさ。心の中はどうであれ、きみの体はぼくを欲しているということをね」レオンは皮肉なほほ笑みを浮かべると、クロエの髪を乱暴につかんだ。

「あなただって同じじゃないの」痛みをこらえながらクロエは必死に言い返した。

「なるほど、ぼくも同じね……、今ぼくがきみを求めているのと同じにね」レオンはくぐもった声でつぶやいた。クロエの肌に熱い息がかかる。するとすぐ呼応するかのように、なめらかな肌は再び甘く息づき始めた。

「クロエ！」レオンの叫びとともに、ふたりは激しく抱き合った。やがてクロエは震える指でレオンのズボンのバックルをはずし、レオンはもどかしそうにみずから服を脱ぎ捨てた。もはやふたりの間を隔てるものは何もない。たくましい体に柔らかい肌が溶けていく……。そしていつしか憎しみも怒りもどこかへ押しやられて、ふたりは透きとおった美しい炎になった。過去も未来もなく、ただ、今という時を燃やし続けるふたり。今こそ至福の時。クロエは夢うつつの世界に漂いながら、レオンと奏でる甘美なハーモニーを聞いていた。

深い眠りから覚めると、水面に反射した朝の光が天井に揺らめいていた。ベッドサイドには紅茶の入ったカップが置かれたままになっている。クロエははっとしてかたわらを見た。レオン……。そこには腹ばいになってまだ眠っているレオンがいた。急に後悔の念がクロエの胸を締めつけた。私はどうしてレオンに体を許してしまったのかしら。許したというよりも、みずから大胆にレオンを求めた私……。クロエは悄然《しょうぜん》として、そっとベッドを抜け出した。

「服ならワードローブの中に入っているよ」顔をしかめて破れたイヴニングドレスを見つめていたクロエに、目を覚ましたレオンが声をかけた。

クロエは驚いて振り向いたが、レオンと目が合うと恥ずかしくて、すぐに目をそらした。

レオンは片方のひじをつき、横たわったままクロエの裸体をしげしげ見つめている。

「きみのたくらみを察知して、ちゃんと運んでおいたんだ」レオンはクロエの肌に残ったかすかなキスマークに目を止めた。そしてベッドを下り、わきのいすに掛けてあったローブをまとうと、クロエに近寄ってきた。クロエは背を向けた。できることならこのまま立ち去りたかったが、あふれだした涙を隠すためにうつむくしかなかった。

「泣いているのかい？　なぜ？　後悔しているの、それとも恥ずかしいのかい？」クロエを包み込むような優しい声だった。

クロエは黙ったまま首を振った。

「クロエ、もしかしたら、もうきみの中でぼくの子供が育ち始めているかもしれないね」レオンはしゃがれた声で言った。

「私、愛のない……」

「何も言うな。これからの何日間か、再出発したつもりでふたりで仲よく過ごそう。クロエ、できるだろう？　そうするべきなんだよ、生まれてくるぼくたちの子供のために……」

クロエの心は揺れた。私はレオンをこよなく愛している。でも、マリサとの関係を黙認し、表向きだけの妻の役を演じながら、子供を育てていくことなど、はたして私にできるかしら……。自分にはとても耐えられそうになかった。

「クロエ？」

「レオン、私……」

「クロエ、この傷はどうした？」唇についた傷に気づいてレオンは突然きいた。親指が優しく彼女のはれた唇を撫《な》でた。「ぼくがしたのかい？　悪かった、痛かっただろう？　これからはもっと上手にキスするからね。傷を治すためのキスを、してもいいかい？」

クロエはその問いに込められたもうひとつの意味を敏感に感じ取った。それはおそらくふたりの再出発へのプロポーズにちがいなかった。

「ぼくたちにはお互いにまだ努力する余地があると思うんだが……」レオンは静かに言った。

「ええ」ひとりでに口をついて出た言葉に、クロエはうろたえた。やり直せるものならそうしたい。でもマリサの存在を思うと、とても将来に希望を持つことはできない。そう率直に答えるつもりだったのに……。

レオンはしばらくの間沈黙していたが、やがて軽くキスした後で言った。「よかった。これでぼくたちの子供は片親にならなくてすむね。さあ、クロエ、すべてを忘れて初めからやり直そう」

レオンはクロエを抱き上げると、まだぬくもりの残ったベッドに楽々と運んでいった。

7

昼近く、クロエが再び目を覚ますと、大きなベッドにはすでにレオンの姿はなかった。ゆっくり伸びをしてからベッドを抜け出し、クロエはけだるい体にローブをはおった。体じゅうに愛し合った後の甘い余韻が残っている。

クロエは鏡の中の自分に思わず目をみはった。昨日とまったくちがっている。愛を交わしたことによって顔つきがこれほど変わるとは……。わずか二十四時間前には不幸そのものの、青白い顔をしていたというのに。〝愛を交わしたですって？　あなたが一方的にレオンに愛を捧《ささ》げただけではないの？〟心の中で問う声がした。レオンは私の愛を受け取るだけで、彼が愛しているのは……。クロエはこぶしを固く握りしめた。

いけないわ、マリサのことを考えては。今朝レオンがこの耳にささやいてくれた言葉を忘れてはだめ。これはレオンと私の二度目のハネムーンなのだもの。ふたりで再出発を誓い合ったばかりではないの。クロエは必死に気を取り直そうとした。

考えてみれば、レオンの心は永遠にマリサのものだと決まっているわけではない。希望れないのに、じっと耐えていさえすれば、そのうちいつか自分のものにできる日が来るかもしれない。現に、レオンはこの私を求め、欲し、そしてしっかりした家庭を築くことを切望している。レオンと私、そして子供たち。その家族の絆《きずな》が、いつの日かきっとレオンにマリサとの関係を断ち切らせてくれるだろう。

でも、マリサのほうはおそらくそう簡単には片づかないにちがいない。そもそも素直に身を引くような娘ではないし、下手をすると逆上して、とんでもないことをしでかしかねない。クロエは自然に腹部に手を当てた。流産してしまったのはクロエ自身の責任ではなく、マリサのせいだったということを、少しでも早くレオンにわかってもらわなければならない。再び同じ悲劇が起きてからでは遅すぎる。

クロエはじっと立ったまま、昨日からの心の動きを振り返ってみた。昨日はレオンから逃げ出したい一心だったというのに、今は打って変わって、結婚生活を再開することに決めたばかりか、レオンの子供を産んでもいいとさえ思っている。自分でも不思議なほどの変わりようだ。たぶん、今朝、レオンに初めて会ったころのように優しくされている間に、知らず知らず魔法にかけられてしまったにちがいない。

「お寝坊さん、そろそろ起きてぼくとランチにしないかい？」

レオンが上機嫌で入ってくるとほぼ同時に、クロエはバスルームに飛び込んで、しっかり鍵《かぎ》をかけた。自分はレオンを愛しているし、一緒に暮らした夫婦なのだからこんなことをするのはおかしいとは思う。しかし、それでもなぜか突然恥ずかしさに襲われてしまう。

「たった今服を着始めたところなの。ちょっと待っててくださる？　急いでしたくするわ」

「ああ、いいとも。今日のランチはロブスターサラダだよ。そしてデザートはチョコレートスフレ。たしかきみの大好物だったよね？　さっきからサントスが給仕するのを待ちかねているよ」

ドアの向こうから、レオンはいかにもいとおしげに話しかけてくる。自然と心がはずみ、したくに手間どる自分がクロエはもどかしかった。もしも誰かが聞いていたら、小さい女の子が大好きなおじさんにごちそうしてもらいに行くところか、そうでなければ年の離れたお兄さんが……。クロエははっとして息をのんだ。

「大丈夫かい？」あたかもクロエの心の変化を敏感に察知したかのようなききかただった。

「ええ、大丈夫よ……」明るい声で答えたが、下着をつける手は小刻みに震えている。

大きなワードローブには下着から数着のイヴニングドレスまで、クロエに必要なものはすべて運び込まれてあった。ありがとう、レオン。マリサのことはもう考えないことにしなければね。クロエは心の中でつぶやくと、突如浮かんだマリサの姿をかき消した。

〝そんなことで大事な問題をごまかしてしまっていいの？〟心の中で別な声がささやいた。確かにそのとおりだ。問題をよけて通ったりしないで、正面から堂々とレオンにぶつかっていき、マリサとのことはどうするつもりなのか、はっきりきくべきだ。重々承知してはいる。でも実行はできそうにない。真実を直視するのが怖いからだ。マリサとの関係を断ち切るつもりはない。もしもレオンにはっきりそう言われてしまったら……。その時の傷の深さを思っただけで心がなえてしまう。かといって、いつまでもマリサの存在に目をつぶり続けることができるかどうかは疑問だった。

〝でも、レオンはマリサを結婚させようとしているのではなくて?〟心の中の声に、クロエは一瞬希望を抱いた。が、すぐに別な考えが胸をふさいだ。

レオンがマリサを結婚させる気になったのは、自分たちの関係をごまかしきれなくなったからではないだろうか。気性が人一倍激しく、独占欲の強いマリサ。彼女の傍若無人な言動に、神経をすり減らしたあげくにしぶしぶ下した決断にちがいない。世間の目を欺くために妻を迎えたレオンが、自分の名誉を守るために講ずる第二の策に相違なかった。

今回のニコス・クリティコスとの話はまとまらなかったが、今回限りであきらめるようなレオンではない。必ずまた別の花婿候補を見つけ出してきて、無理やりマリサに引き合わせることだろう。しかし、マリサも必死だ。とっぴなふるまいをしたりして抵抗するに決まっている。そしていく度となくそんなことを繰り返すうちに、レオンのほうが先に根負けするのではないだろうか。なぜなら、もともとほかの男になどマリサを渡したくないのだから。レオンの所有欲の強さを、クロエは今朝あらためて悟ったところだ。レオンのやさしい愛撫《あいぶ》には、クロエを捕らえて離さない恐ろしいほどの激しさが潜んでいた。

十五分ほどして、デッキへ上がっていくと、レオンは派手なストライプの日よけの下で、クロエを待っていた。美しく飾られたテーブルの上にはすでに料理が並べられている。

「やあ、やっと来たね」レオンはゆっくり立ち上がった。まっ白なショートパンツと薄手のニットのコットンシャツ。くつろいだ服装だ。もっとシンプルな服にすればよかったわ。ピンクと白のスカートにキャミソール、その上に半そでのジャケットを着てきたクロエは後悔した。レオンは食い入るようにクロエを見つめている。

「どこかおかしいかしら……?」クロエは不安になって尋ねた。

「とんでもない、その反対だ。少し厚着で美しい肌が見えなくて残念だが、それ以外は完《かん》璧《ぺき》だよ」クロエをテーブルまでエスコートしながら、レオンは臆面《おくめん》なく言った。そしてクロエが照れて頬をまっ赤に染めると、大きな声で笑った。「そんなに赤くなることはないさ。サントスなら大丈夫、彼は英語がわからないから。それよりクロエ、疲れは十分取れたかい?」レオンはクロエの顔をのぞき込むようにしてまた笑った。そして、クロエがしばらくの間答えないでいると、ひょいと肩をすくめてみせた。「わかった、もうからかうのはよすよ。クロエ、ご機嫌を直して、さあランチにしよう。そして食後ひと休みしたら、ヨットを止めて泳ごうじゃないか。広々とした海で泳ぐのは実に気持がいい。きみもきっとやみつきになるよ」

レオンはクロエをそっと抱き寄せ、さりげなく胸のふくらみに触れた。ぬくもりが伝わり、クロエは思わず身を震わせた。

「大丈夫かい？　ランチを食べるどころではないかな？　クロエ、今夜は星空の下でふたりきりで食事をしようね。愛し合った後のきみの瞳の色に似た、濃いアメジスト色の海の上を漂いながら……」レオンは甘く耳もとでささやいた。

「あまりロマンティックすぎて、なんだか私、夢でも見ているようだわ」クロエはうっとりとレオンを見上げた。

「クロエ、そんな悩ましい目でぼくを見ちゃだめだよ。せっかくのランチが目に入らなくなってしまうじゃないか。そんなことになったらサントスがいい顔をしないよ、きっと」

「あら、それは困るわ。では、サントスがおへそを曲げないうちに席に着くことにしましょうか」クロエも調子を合わせて、わざと落ち着き払って答えてみせた。

「そう言うだろうと思ったよ」レオンは恭しくいすを引いた。

鮮やかなグリーンと白のクッションのついた鉄製のいすに腰を下ろすと、クロエはしだいにリラックスした気分になってきた。こんなに底抜けに陽気なレオンを見るのは初めてだ。ハネムーンの時でさえ、これほどまで上機嫌ではなかったような気がする。

ロブスターサラダは新鮮でおいしかった。急に食欲がわいたのは海の空気のせいかしら。昨日のことも明日のことも、くよくよ考え込むのはやめにして今日一日を楽しむことにしよう。さわやかな潮風に当たっているうちに、クロエはいつのまにかそんな気になっていた。

「乾杯！　ぼくたちふたりの再出発と新しい暮らしのために！」レオンの結婚指輪が日の光を受けてきらりと光った。

マリサ抜きの？　思わずきいてしまいそうになって、クロエはあわてて冷えた白ワインを口にふくんだ。ワインのほろ苦さが心にしみわたっていく……。これが人生の味なのかもしれないわ。クロエは内心苦笑すると、もう一度軽くグラスを上げてみせた。

ランチがすむと、ふたりは並んでデッキチェアに横たわった。ヨットはゆっくり進んでいる。エンジンの音が快かった。ところがやがて、レオンがくつろいだ気分をこわすような話を始めた。

レオンの友人が所有しているこのヨットと同じ外洋航行用のヨットが、ハイジャックされたというのだ。レーダーをはじめ、最新鋭の機器を搭載し、スピードもかなり出るにもかかわらず、去年の夏バーミューダの沖合であっけなく奪い取られてしまったのだそうだ。乗っていた友人一行は小さな救命ボートで十二時間も漂流したあげくに、運よく通りがかった船に救助されたそうだが、それにしてもずいぶん物騒な話だ。

しかも、この種の事件があまり頻繁に起こるので、当局は手が回りきらないらしい。現にその友人も命があっただけでも奇跡なのだから、ヨットはあきらめるように言われたそうだ。多くの場合、乗員はその場ですぐに皆殺しにされるか、飢え死にするまでほうっておかれるかのどちらかで、奪われたヨットは麻薬の密輸に使われているとのことだった。

「大丈夫だよ、クロエ。そんなに心配しなくても、ぼくたちはそんな目にはあわないさ。おいで、ヨットの中を案内してあげるから」震えだしたクロエにレオンは優しく言うと、両手をつかんで立たせた。

ネメシス号にはレオンの個室がふたつと、ほかにキャビンが四室ある。クロエと一緒に使っていないほうはレオンの書斎兼図書室。その部屋はもちろんのこと、ダイニングルームも、そしてサロンも、すべてエレガントな装飾が施され、とてもヨットの中とは思えないほどの豪華さだった。

「このヨットはね、会議用に買ったんだ。移動中に会議ができればずいぶん時間が節約できるからね。自家用のジェット機にしたらどうかと勧める人もいたんだが、エーゲ海育ちのぼくにはやはり海の上を行くほうが性に合っているような気がしてね、ヨットにしたんだよ。さてと、ぼつぼつキャプテンにいかりを下ろさせて、泳ぐことにしようか?」ヨットの中をひととおり案内し終えると、レオンは待ちかねたように促した。

「ええ、賛成！　私、早速水着に着替えてくるわ」海の水のひんやりした感触を想像すると、それだけでもう心がはずむ。

「水着なんて、そんなものいらないじゃないか。心配しなくていいよ。誰も見やしないから。クロエ、生まれたままの姿で海に抱かれてごらん。いつのまにか海に溶けこんで、身も心も自由になるのがわかるから」クロエがまだ疑わしそうな顔をしてちゅうちょしているのを見ると、レオンはわざと大きなため息をついてみせた。「よし、そんなに慎み深いのならしかたない。早く行って着替えておいで」

クロエは飛ぶようにして部屋へ戻り、水着を探した。しかし、あったのはビキニばかり。しかもどれもこれもかなり大胆なデザインだ。クロエはしばらくの間迷っていたが、レモン色のビキニを選んだ。身につけてみると、想像以上に小さくて申しわけ程度にしか体が隠れない。しかたないわ。クロエは心の中でつぶやくと、コットンのシャツをはおり、レオンの待つデッキへ戻った。

少し前までまっ青な海面を水しぶきを上げて進んでいたヨットは、いかりを下ろし、波の動きにゆったりと身をゆだねていた。船べりには縄ばしごが下ろされ、飛び込み板もセットされている。そしてランチを食べたテーブルの上には、フルーツジュースの入った背の高い水差しが置かれ、用意はすべて整っていた。

レオンは所在なげにジュースを飲んでいたが、クロエがそばに行くと、すらりと伸びた肢体をまぶしそうに見つめた。そして、おもむろに立ち上がり、慣れた手つきでシャツを脱がせる。

「きみはもう子供ではなかったんだね」胸のふくらみに触れながらいたずらっぽくほほ笑

んだ。「しかも、もうあと何センチかで、このビキニも着られなくなるぞ。さてと、どっちがエロティックかな、ビキニ姿を見るのと、何も着けていないきみを想像するのとでは……」

「あら、だって泳ぐんでしょう？」クロエはすました顔で遠くにかすむ島影を見やった。「ほら、あそこに見える島、あれはなんという島なの？」

今、クロエの目の前に広がっている景色こそ、少女のころからあこがれていたエーゲ海の神秘的な景色だった。

「ああ、あれかい？　イオス、パロス、そしてナクソスだ。イオスには有名なホメロスの墓がある。ぼくたちはイオスとサントリーニの間を通る予定だから、もしも興味があるなら寄ってみてもいいよ。そうだ、明日の夕食はイオスで食べることにしようか？」

「ええ、ぜひそうして」クロエはライラックブルーのもやに包まれた島々に早くも思いをはせた。この美しい景色……ギリシアが偉大な詩人や作家たちを大勢生んだのも不思議ではない。

「クロエ、ヨットからあまり離れたところまで泳いでいってはだめだよ。うっかり目測を誤ると、とんでもない目にあうからね」レオンは優しい声で注意を与えた。

「大丈夫、心配しないで。泳ぐのは好きだけれど、オリンピックに出る気はないから。もっとも私なんかが出られるはずもないけれど！」

クロエがにっこりほほ笑みながら肩をすくめてみせている間に、レオンはもう泳ぎだしていた。水に乗った、むだのない動き。見事なクロールにクロエは思わず見とれてしまった。ギリシア育ちは誰でも海が好きだと、レオン自身語っていたが、彼の泳ぐ姿はまさに水を得た魚そのものだった。

「大丈夫だから飛び込んでごらん!」こわごわ縄ばしごを下りるクロエを、レオンはあお向けになって浮きながら見守っている。

笑われても、ばかにされても、とても飛び込む気にはなれないわ。私はもともと、あなたとちがって海の生き物ではないんだから……。飛び込んだら最後、きっと海の底まで引き込まれてしまうわ。クロエは内心言いわけをしながらやっとの思いではしごを下りた。

レオンはクロエのまわりを一周し、巧みな泳ぎを見せたかと思うと、あっという間にクロエを水中に引きずり込んだ。

「ひどいじゃないの!」クロエは水から顔を出すなり、眉をひそめてみせた。「フェアじゃないわ。あなたは上手すぎるわよ」

「女性から上手すぎるって文句を言われたのは初めてだな」レオンはとぼけた顔でつぶやくと、クロエの髪に触れた。海面にたゆたう豊かな髪は、ちょうど銀色に輝く海草のようだ。レオンはやがて手を肩へ回し、そしてそっとクロエの体を抱き寄せた。驚いたことに、レオンはみずから言ったとおり、生まれたままの姿だった。

「クロエ」まじめな声でささやき、レオンはクロエの唇をとらえた。穏やかな抱擁。クロエは満ちたりた気分で身をゆだねていて、レオンがじかに胸のふくらみに触れるまで、ブラをはずされたことに気づかなかった。

「ほらね、何も着けていないほうがずっと気持がいいだろう？　これできみもやっと海の精《ニンフ》らしくなったよ」レオンは満足そうにほほ笑んだ。

確かにレオンの言うとおり、素肌で感じる海の水はなんとも言えないくらい心地よい。生まれて初めて味わうすてきな解放感に酔いながら、クロエはレオンと子供のようにたわむれた。波に揺られ、ふたりの肌と肌が触れては離れる……。それを繰り返すうちにふたりの体の中に妖《あや》しい炎が揺らめきだした。

「クロエ、少し疲れたみたいだね。そろそろ船へ上がろうか？」レオンは優しくはしごの方へ導いた。「そうか、よし、待っておいで。ぼくが先に上がってタオルを渡してあげるから」もじもじして海から出るのをちゅうちょしているクロエに、レオンは陽気に言って裸のまま平気でデッキへ上がった。よく引きしまったたくましい体がクロエの目にまぶしいほど美しく映った。レオンはそばにあったタオル地の短いローブを取ってくると、船べりにひざまずいてクロエに渡した。その時のしなやかな筋肉の動き。クロエには思わず息をのむほどセクシーに感じられた。

デッキに上がったクロエに、レオンはそっとジュースを差し出した。塩からい水でひりひりしていたのどを、程よい甘みがいやしてくれる。クロエはデッキチェアに横たわると、たいして泳いだわけではないのに、思いのほか疲れていることに気づいた。つい二、三日前までは仕事に忙殺されていた自分が、泳いだり日光浴をしたぐらいで疲れてしまうとは……。クロエは思わず苦笑いしてしまった。

「ジュースはもういいのかい？」

クロエは隣に横たわったレオンに首を振った。ちょうど、エンジンが動きだした。

「明日の午後、イオスの港に入るよ。いかりを下ろしたら、島へ上がって夕食にしよう。ああ、死んだおやじにもこういうことをさせてやりたかったなあ……」レオンは急に顔を曇らせた。「このあたりの島めぐりをするのがおやじの生涯の夢だったんだよ。だが忙しく働くばかりで、ついに夢を実現させることもなくあの世へ行ってしまった。ぼくを学校へやってくれたり、叔母たちを嫁がせたり、おやじにはしなくてはいけないことが次々とあってね……。本当にいいおやじだったよ。もしも会っていれば、きみもきっとおやじのことを好きになったと思うよ」レオンは寂しそうにほほ笑んだ。「ぼくのおやじはね、一本気でまっ正直な男だった。それに、一生懸命努力すれば必ず道が開けると固く信じていたんだよ。結局はそれが災いして働きすぎで死んでしまったんだがね……」

レオンが自分の家族のことを話してくれたのはこれが初めてだ。しみじみ父を語るレオンを見守っているうちに、クロエの心はほのぼのした温かさでいっぱいになった。クロエはレオンのブロンズ色に日焼けした腕に、そっと優しく手を置いた。

「今、ぼくがこうしてあるのは、すべておやじのおかげだ。おやじが骨身をけずるようにしてぼくを育て上げてくれたおかげなんだよ」クロエの気持が通じたように、レオンの口もとにかすかな笑みが戻った。「最初の仕事の資金を都合してくれたのもおやじだ。ぼくははたしておやじのような立派な父親になれるかどうか。せめて半分だけでも、おやじに近づくことができたらぼくはうれしいよ。クロエ、そのおやじがね、マリサをぼくに託して死んでいったんだ。マリサの亡くなった母親のリディアはぼくにとって実の母親に等しい存在だった。ぼくの実の母はぼくを産むとすぐに亡くなり、おやじはぼくが八歳の時リディアと再婚した。はっきり覚えているが、ふたりはぼくのことをたいそうかわいがってくれた。甘いくらいにね……。だからぼくはふたりの代わりにマリサを幸せにしてやらなくてはならないんだよ」

レオンの言葉にはマリサを大切に思う気持がにじみ出ていた。レオンは心の底からマリサをいとおしく思っているんだわ……。そんなレオンの心の中にとても入っていけそうにない。クロエは急に目の前が暗くなったような気がした。

「マリサにはおかしなところもあるが、しかし……」

「それ以上何も言わないで。私なりにちゃんとわかっているつもりだから」クロエはさりげなくレオンを制した。マリサをどれほど愛しているか、今そんな話は聞きたくなかった。

今日のレオンは私だけのレオンなのだもの……。「ねえ、レオン、子供のころのことを話してくれない？」クロエは明るい声で言った。

「特に話すようなことは何もないよ。ただ、しいて言えば、ぼくは小生意気な子供だったかもしれないな。今になってみると、青くさい理屈ばかり振り回して、よく両親を困らせたものだよ。両親に、ふたりが望んでいたとおりに出世した今の姿を見てもらえないのは、その時の罰かもしれない……。義母のリディアはマリサが二歳の時に亡くなり、おやじもその後を追うようにして、半年もたたないうちに死んでしまったんだ……」

しばらく重苦しい沈黙が続く間に、クロエにはレオンのマリサに対する愛情が今までとちがったふうにみえてきた。だが、だからといって、クロエの心からマリサに対する嫉妬《しっと》が消えたわけではなかった。

「クロエ、きみは肌が弱いんだから、何か別なものを着たほうがいいよ」レオンは唐突に話題を変えた。「日焼けしすぎてやけどみたいになったら大変だ。海からの風が涼しいからといって油断していると、後でとんでもないことになる。ちょっとここで待っておいで。何か適当なものを持ってきてあげるから」

レオンはさっと立ち上がり、ショートパンツをはくと部屋の方へ歩いていった。そのたのもしい後ろ姿を見送るクロエの胸は、レオンへの熱い思いであふれていた。なぜレオンを愛していないなどと思っていた時期があったのかしら。愛は不滅……レオンへの愛は消えることなく、ずっと燃え続けていたというのに……。

レオンの姿が見えなくなると、クロエはうつぶせになりながら、ふと西に傾きかけた太陽に目を止めた。太陽が沈んでしまうと、なんとなく闇《やみ》にまぎれて不幸がやってきそうな気がする。できることなら、このまま太陽を止めておきたかった。遅かれ早かれ真実に直面せざるを得ない不安が、クロエにこんな子供じみたことを思わせたのかもしれない。

「じっとして、動かないで。背中に日焼け止めのクリームを塗ってあげるから」レオンが戻ってきたことに気づかなかったクロエは、突然の声に驚いて思わず飛び上がりそうになった。レオンは背中にクリームを伸ばしはじめた。クリームの冷たい感触とレオンの指のリズミカルな動き……。クロエはいつのまにか陶酔の世界に引き込まれていた。そして夢中で体の向きを変えると、狂ったようにレオンの首にしがみついた。

「レオン!」初めて味わったエロティックな衝動。クロエは自分の体が悩ましく息づきはじめたことに気づいた。

レオンはクロエの手をほどくと、頭の横に押さえつけたまま、小刻みに震える体にじっと目を凝らした。グレーの目には欲望の炎が燃えさかっている。ギリシアの太陽が大胆にさせたのだろうか、不思議なことにクロエは恥ずかしさを感じなかった。ふたりの体はおのおの、今にも燃えだしそうに熱しきっている。それなのに、レオンは、なかなか肌を合わせようとしない……。

「レオン！」クロエはじりじりと身を焼かれるような思いに、ついに耐えきれずに叫んだ。

レオンは待っていたかのようにクロエの手を放し、唇を荒々しく吸った。クロエは夢中で黒い髪をまさぐり、レオンの火のような口づけは首すじから胸のふくらみへ……。

「レオン……レオン」クロエの唇から何度も甘い吐息がもれる。

レオンはいよいよ激しくクロエを求め、クロエも熱く応《こた》えた。

「クロエ、やっと海のニンフから人間の女になったね」レオンのささやきを、クロエは遠くの声のように聞いた。

巧みな愛撫が波のように繰り返され、クロエは今にもレオンのたくましい体に溶け込んでしまいそうになった。ちょうどその時、鮮烈な快感がクロエの体を貫いた。

「ああ、クロエ、これでやっと完全にぼくのものになった……」レオンは満足そうにつぶやくと、いとおしそうにクロエの震える体を抱きしめた。そしてしばらくの間、クロエの柔らかな胸の谷間に顔をうずめてまどろんでいたが、荒い息がおさまると、彼女を軽々と抱き上げて寝室のベッドへ運んでいった。

8

クロエはレオンのシャワーの音で目を覚ました。昨日の夕方からずっと、食事もとらずに眠り続けていたらしい。

「クロエ、今日はイオスを案内してあげよう。夕食はぼくの知っているところで食べることにしたよ。ぼくの友だちが経営しているナイトクラブだ」バスルームから出てきてジーンズをはくと、レオンはベッドの中のクロエに軽くキスをした。「さてと、電話をしてこなくては。昨日、何本か仕事の電話が入ったそうなんでね」クロエは不思議そうな顔でレオンを見上げた。「ああ、無線電話のことだよ。昨日は電話はいっさい取りつがないようにに言ってあったおかげで邪魔されずにすんでよかった」レオンの意味ありげな笑いに、クロエは泳いだ後のできごとを思い浮かべ、思わず頬を染めた。「そんな顔を見ると、ますます昨日の悩ましい姿を思い出すなあ」レオンはクロエの胸のふくらみに触れた。「クロエ、着替えがすんだら上がっておいで。ぼくは先に行って、電話のついでに上の連中にイオスにいかりを下ろすように指示しておくから。船でランチをすませたら、いざ上陸、探険開始だ！」レオンは陽気に言って、寝室を出ていった。

イオスには日よけになるものはほとんどないにちがいないわ。涼しそうなピンクのコットンドレスを着て、同色のサンダルをはくと、クロエは顔にていねいに日焼け止めクリームを伸ばした。そして、ワードローブの中にあったしゃれたストローハットを片手に、足どりも軽くデッキへ上がっていった。潮風が細かいプリーツスカートのすそを優しく揺らした。

雲ひとつないまっ青な空から、日の光がさんさんと降り注いでいる。ヨットは夜の間も休むことなく進み続けていたとみえて、すでにイオスの港のはずれまで来ていた。クロエは港に忙しく出入りするさまざまな船をながめながらレオンを待った。

港の周辺にはタヴェルナやバーが散在し、狭い道は観光客でごったがえしている。ほどなくしてレオンが現れた時には、クロエは活気に満ちあふれたイオスの港の景色にすっかり心を奪われていた。

テーブルについたふたりに、早速マッシュルームとグリーンサラダを添えたチキンの胸肉のワイン煮が運ばれてきた。デリケートな味を楽しみながら食べ終わると、クロエはもう満腹で、デザートのフルーツサラダには手をつけられなかった。レオンはどうやら甘いものは食べないことにしているらしい。同じようにフルーツサラダをパスして、チーズをクラッカーにのせて食べ始めた。何げなく見ると、意外にもそれはイギリスのスティルトンチーズだった。

「何カ月か仕事でロンドンの知り合いの家に泊まっている間に、すっかりこの味のとりこになってしまってね。クロエ、きみもどうだい？」驚いた表情のクロエに、レオンはにこやかにイギリス製の高価なチーズとの出合いを説明した。

「ありがとう。でもこれ以上いただいたら、苦しくて身動きできなくなってしまうわ」クロエはほほ笑みながら首を振ってみせた。

クロエの声にはレオンと一緒にイオスを見て回ることへの期待と喜びがあふれていた。

レオンは静かにうなずくとクロエの手を取り、いとおしむように唇を寄せた。

ヨットを降りると、ふたりは手をつないで歩きだした。かたわらのレオンの引きしまった長身が目に入るたびに、クロエは誇らしい気分になった。半そでのシャツにジーンズというふだん着にもかかわらず、すれちがう女たちはあこがれのまなざしを向ける。そして島の男たちはブロンド美人を連れたレオンをうらやましそうに見た後で、クロエの見事なスタイルと優雅な歩きかたにしばしの間見とれていた。

ふたりは港のはずれの迷路のように入り組んだ路地を歩き回った。レオンは島のすみずみまで知っている様子だ。やがて、どれもこれも同じように白く塗られた家々の間を抜けて一軒の店の前へ出た。

レオンがノックをすると、まもなくドアのすき間から赤銅色に日焼けした顔がのぞいた。

「アリ！　ぼくだよ、レオン・ステファニデス。忘れてしまったかい、ずいぶん久しく会っていないから」レオンは老人の手を握りながら、懐かしそうに言った。

老人はうれしそうにギリシア語でひと言叫ぶと、顔をくしゃくしゃにほころばせ、ふたりを小さな店の中へ招じ入れた。

炎天下の道を歩いてきたクロエには、室内はことさら涼しく快適に感じられた。やがてほの暗さに目が慣れると、なるほど床も石でできていた。男たちは話し続けている、というより話しているのはもっぱら老人のほうで、レオンは聞き役に回っていた。クロエは店の中を見回した。漁師が使ういろいろな道具を商う店のようだ。初めて見る道具がところ狭しと並べられ、その間からタールと潮の入りまじったような、鼻をつくようなにおいが漂ってきた。

「なるほどねえ」老人は向き直るとクロエの顔をしげしげ見つめた。「このおかたですか、あなたが選ばれたお相手は。とうとういいおかたに巡り合われて、こうして私のところへ連れてきてくださったんですね……。それにしても、本当にいいおかたをお選びになりましたね」老人はレオンに向かって、たいそう感慨深げにうなずいてみせた。「早速あれをお持ちしましょうね。あれはまさにこういう美しい色の肌をしたかたのためのものですよ。あの輝きは、残念ながらギリシアの女の浅黒い肌の色には似合いません」老人はやせた肩をすくめた。

クロエにはなんのことを言っているのかわからなかった。老人はクロエの戸惑った顔に気づくと、優しくうなずき、正確な英語でさらに話を続けた。

「もう何年も前のことです。ひどい嵐《あらし》の後、あなたのご主人がこの島においでになりましてね……。その嵐で息子を亡くしたばかりで、私が失意のどん底にいる時でした。あなたのご主人は見ず知らずの私を優しく励まして、新しい希望を与えてくださった。〝息子さんは亡くなってしまわれたが、あなたにはまだ娘さんがいるではないですか。そのうちきっと、かわいい孫息子ができますよ。だからどうか力を落とさないでがんばってください〟そう言って私の沈みきった気持を救ってくださった。温かい励ましがどれほど身にしみてうれしかったことか、とても言葉では言い尽くせないほどでした。そして、この店を始める元手まで出してくださったんですよ。もちろん、息子を亡くした悲しみは簡単には消えませんでしたが、だんだんに生きるファイトがわいてきました。おかげで、今ではご主人の予言どおり、ふたりの孫息子にも恵まれて幸せに暮らさせてもらっています」老人は深々と頭を下げた。「実はその時、せめてものお礼のしるしに、父親からゆずり受けたパールの首飾りを受け取っていただくつもりだったんです。それは父親がみずから命がけで海にもぐって集めたパールで、私の唯一の宝でした。だからこそぜひ受け取ってほしかったんですがね、ご主人はお持ちにならなかった。それほど貴重なものならば、それにふさわしい女性に巡り合えるまで、ぜひ預かっておいてほしいと言われて置いていかれた。

その時以来、私はいつ首飾りを取りに来てくださるかと、長いこと毎日毎日気をもんで暮らしてきました。でも、こうしてついに待ちに待った日が来たんですよ！　あなたにお会いして、ご主人が長い間私を待たせ続けておられたわけがわかりましたよ」老人は穏やかにほほ笑んでみせると、店の奥へ姿を消した。

クロエはすぐさまレオンの方を向いた。しかし、感激で胸がいっぱいで言葉が出てこなかった。

「アリの言ったとおりだ。今までぼくが巡り合った女性の中には、あのパールの首飾りにふさわしい女性はただのひとりもいなかった。アリはきみには言わなかったが、あの首飾りを完成させるために、アリの父親と三人の叔父が命を犠牲にしているんだよ。アリ自身、残りの四個を取るために、何度となく深い海の底へもぐったそうだ。そのせいで、一見元気そうに見えるがアリの肺はぼろぼろなんだよ……。気の毒に、貧しいこの島の男たちにとっては、そういう危険を冒してでも海の底へもぐっていってパールを取ってくること以外に、富を手にする方法はないんだ」レオンは眉を曇らせた。

クロエが話しだそうとしたところへ、ちょうど革張りの小箱を大事そうに持ったアリ老人が戻ってきた。小箱はしわだらけの手からレオンのいかつい手へ……。レオンはていねいにふたを開け、クロエに中を見せた。見事なパールの首飾り。ひと粒ひと粒がひっそり息づいているように見える。クロエはその清楚《せいそ》な輝きに思わずため息をもらした。

「クロエ、さあ、後ろを向いてごらん」レオンはクロエの細い首に首飾りをつけた。「アリ、どうだい？」

老人は笑みを浮かべ、レオンの問いに満足そうにうなずいてみせた。「さっきも言ったとおり、あなたはいいおかたを選ばれましたよ。これで私も長年の借りがお返しできてほっとしました」深いしわの刻まれた顔にゆっくり安堵《あんど》の色が広がった。

それからしばらくの間、濃いターキッシュコーヒーを飲みながら、レオンとアリは思い出話に花を咲かせ、クロエはそれにずっと耳を傾けていた。そして三時を少し過ぎたころ、レオンとクロエは名残を惜しむアリに別れを告げた。

広場のタクシー乗り場には、ホメロスの墓へ向かう観光客の長い列ができていた。強い日差しの中、その列に並びながらクロエはさっきから不思議に思っていたことをレオンに思いきって尋ねた。

「どうしてこの首飾りを受け取ったの？　確かに美しいものだけれど、でもアリにとっては唯一の宝だったんでしょう？」

「クロエ、きみはまだギリシアの男の気持がよくわかっていないとみえるね。アリはね、ぼくのしたことを本当に喜んでくれたんだよ。自分が息子を失い失意の底にいる時に優しくされて、よほどうれしかったんだろうね。だが、アリは好意に甘えることをよしとせずに、なんとかしてぼくに恩返しをしようとしたんだ。その恩返しがこの首飾りなのさ。アリにとって本当に値打ちのある品物といったら、あの店のほかはこの首飾りひとつしかない。そのかけがえのない宝物をこのぼくにくれたんだ。もしもぼくが遠慮してこれを受け取らなかったら、アリは悲しんだにちがいない。彼の心ばせを無にすることになるからね。考えてごらん、もしも首飾りが欲しかったのなら、何もアリからもらわなくてもよかったわけだろう？　宝石屋へ行けばいくらでも買えるんだから。ぼくがこれを受け取ったのは、あくまでも彼の気持を損ないたくなかったからだ。アリ自身や父親たちが命がけで集めた、彼にとって一番大切なパールの首飾り。それを潔く差し出してまで、ぼくの恩に報いたい。アリのその一途な気持を無にしたくはなかったんだ……。クロエ、これでわかってくれたかい？」レオンはうるんだアメジスト色の瞳をのぞき込んだ。

クロエは黙ってうなずいた。レオンはなんて不可思議な人だろう。これほどまで人の気持を大切にするかと思えば、その一方で……。その時突然吹いてきた冷たい風に妙な胸騒ぎを感じたクロエは、身震いすると浮かびかかっていた苦い思い出を心の隅に追いやった。本当はこうして逃げたりせずに、いつか生まれてくる子供のために、マリサとの関係をどうするつもりでいるのか、レオンに問いたださなくてはいけなかった。でも、せめて今日だけはこの首飾りに免じて、いやなことはすべて忘れ、レオンとの甘い時間を思う存分楽しませてほしい。クロエはレオンの彫りの深い横顔をそっと見つめた。

ようやく順番がきて、ふたりは古ぼけたタクシーに乗り込んだ。冷たい風が吹きだして急に気温が下がったことに、レオンは気づいていないらしい。タクシーはいくつかの風車の前を通り過ぎ、狭い道をひた走って、あの雄大な叙事詩『イーリアス』と『オデュッセイア』をのこしたホメロスの墓へ向かう。クロエは、アキレウスやカッサンドラ、そしてアポロンたちの物語を夢中で読みふけった少女時代を懐かしく思い返していた。

偉大な詩人の墓も、実際目にしてみると想像に反し決して印象的なものではなかった。しかしそこには時の流れを超えた静寂と平和があった。クロエはしばらくの間無言でたたずんでいたが、やがてレオンに促されてタクシーへ戻った。

ふたりがヨットに帰ったのは、ちょうど日の沈むころだったが、夕焼けを見ることはできなかった。クロエにとっては、ギリシアで美しい夕焼けを見ずに夜を迎えるのは初めてだった。

クロエは鮮やかな濃いピンクのイヴニングドレスに着替えた。胸の広く開いた、体にぴったりしたデザイン。胸のふくらみの部分には数知れないほどのピンクのビーズがていねいに刺しゅうされている。クロエは全身を鏡に映すとパールの首飾りにそっと触った。美しい首飾りにふさわしいといって手放しで喜んでくれたアリ。この首飾りにかけて、私は勇気をもってレオンとの愛に生きよう。クロエはアリ老人がこの首飾りに託したまごころを、生涯決して裏切るまいと心に誓った。

しばらくして、髪をアップに結い終え、唇に淡いピンクの紅をさしているところへレオンが入ってきた。彼は何も言わずにただじっとクロエの姿に見入っている。

「少しおめかししすぎかしら？」クロエは不安になってきいた。

「いや、いいよ。そのへんのタヴェルナやバーへ行くならカジュアルなもののほうがいいが、今夜出かけるナイトクラブは超一流ホテルの中にある。まさにぴったりの装いだよ。クロエ、そのパールの首飾りも、きみにぴったりだ。つけてくれてありがとう、うれしいよ」レオンは美しく日焼けした細いうなじに、そっと唇を寄せた。

再びヨットを降り、ふたりは海岸沿いの通りで呼んであったタクシーに乗った。かなり旧式な車のわりには中は清潔で快適だった。が、運転が乱暴で、レオンが抱きかかえてくれるまでクロエは何度もドアの取っ手にしがみついた。

ブレーキをきしませて、タクシーは豪華なホテルの玄関前に止まった。レオンは運転手に料金を払い何やら指示すると、クロエが降りるのにさりげなく手を貸した。

「後で迎えに来るように言っておいたよ。ひと晩じゅうダンスをしているなんて能がない。ぼくたちにはほかにもっとすてきなことがあるからね。そうだろう？」レオンは、照れてうつむいたクロエの肩をいとおしげに抱き寄せた。

きらびやかなロビーに入っていくと、ひとりのボーイが近寄ってきて、レオンに向かってにこやかにあいさつした。彼はそのまますぐに〝入室お断り〟と書かれたドアの向こうへ姿を消したが、まもなくそのドアが開き、中から別な男が小走りで出てきた。

「レオン！　よく来てくれた。だが、来るならどうして前もって知らせてくれなかったんだ」

「いや、ちょっとした気まぐれでね、急に寄ってみる気になったのさ」レオンはクロエにウインクしてみせながら快活に答えた。「クリストス、紹介するよ、ぼくの妻のクロエだ」

クリストス・カリミデスは恭しく頭を下げ、そしてにっこりほほ笑んだ。「おや、マリサは一緒じゃないのかい？」

「ああ、エオスにいるよ」

「そうか、それは残念だが、こうしてご夫婦おそろいのお成りだ。今夜は精いっぱいもてなさなきゃいかんな。レオン、さっそくルーレットでもどうだい？」レオンはゆっくり首を振った。「ごめんよ、レオン。きみほどの大実業家には、ルーレットなんてちゃちなもの、スリリングでもなんでもないわけだよな」クリストスはわざとすねたような顔をしてみせた。

「いや、そんなことはないさ。でも、今夜はできればクロエにギリシアの民族舞踊を見せたいと思っていたものだから……。まだきみのところで……」

「ああ、いいとも。頼んであげるよ」クリストスはレオンに最後まで言わせず、ふたつ返事で引き受けた。「知ってのとおり、彼らは観光客相手には絶対踊らない。彼らにとって踊りは神聖な行為なんだよ。だが、きみたちは特別さ。ところでレオン、今夜はここで食事をしていってくれるんだろう？　何にする？　キャヴィアはどうだい、ちょうど……」

レオンは首を振った。「クリストス、せっかくだが今夜はそういうものではなくて、純粋のギリシア料理を頼むよ。クロエに食べさせたいんだ。子供のころ、きみのおふくろさんがよくごちそうしてくれたようなスープとピッタ、海からとれたばかりの小さな貝類、その次はカバブ、そして最後の仕上げはアーモンドのペストリー。こんなメニュー、頼めるかい？」

「よし、わかった、まかせてもらおう」クリストスはにこやかにほほ笑んで胸をたたいた。「さあ、どうぞこっちへ、アントニーに席まで案内させよう。スピロに言って早速踊り手を呼びにやらせるよ。レオン、スピロのこと、覚えているだろう？　以前は漁に出ていたんだが、おやじさんが死ぬと兄貴が湾内の観光船を始めてね。そのおかげですっかり羽振りがよくなって、漁なんかばかばかしくてやっていられなくなったらしいよ。昔おやじさんが何十回か船を出してやっと稼いだ分を、今ではあっという間に稼げるんだから無理もない話だがね。観光ブームのせいでこの島の暮らしもすっかり変わってしまったよ」

「何を言っているんだい、まるでひとごとみたいに。観光客が来なくなったら困るのはどこの誰だい？　こんな立派なホテルが、いったい誰のおかげでもっていると思っているんだ」レオンはわざと顔をしかめてみせた。

クリストスはレオンの背中をたたいて大声で笑うと、さっと手を上げてボーイを呼んだ。

「では、どうぞごゆっくり。ぼくも後から仲間に入れさせてもらうよ。それともぼくがいてはお邪魔かな？」クリストスは肩をすくめると、恭しくわきに控えていたボーイに命じてふたりを席まで案内させた。

案内されたのは円形のダンスフロアの正面の席だったが、ほかの客たちからは見えないような小粋な配慮がなされていた。パリ以外の土地で、これほど豪奢《ごうしゃ》な雰囲気の中で食事をするのはクロエには初めてのことだ。装飾はもちろんのこと、ウエイターのゆき届いたサービスも、そして来ているお客たちも、婚約した記念に連れていってもらったマキシムに優るとも劣らない。それればかりか、やがて極上のワインとともに運ばれてきた一見素朴なギリシア料理の数々も、どれもこの上なく美味だった。

ふと気がつくと、いつのまにか室内はしんと静まり返っていた。食事を終え、誰もが満ちたりた表情でショーが始まるのを待っているらしく、静かな中にも熱い期待が感じられる。

ほどなく、踊り手の一団が姿を現した。

「クロエ、彼らは何度も賞を取ったギリシアきっての踊り手ばかりでね、こういう場所ではめったに踊らないんだ。今夜はクリストスが特別に計らってくれたおかげで、こうして見ることができるんだよ」クロエの長い指をもてあそんでいたレオンは、きちんと座り直した。

目の前で繰り広げられるすばらしい踊り。息もつかせぬほどの素早い足の動きに、クロエはいつのまにか身を乗り出すようにして見入っていた。ふと、クロエの目に奇妙な光景が飛び込んできた。テーブルの間をウエイターたちが何十枚も重ねた皿を持って回り、その皿を客たちがおのおの好きな枚数だけ受け取っている。

「レオン、あの人たちはいったい何をしているの?」クロエは小声で尋ねた。

「ああ、あれかい。待っていてごらん、そのうちにわかるから。クロエ、それよりお酒のおかわりは?」レオンは意味ありげにほほ笑むと、ちょうどそばにやってきたウエイターから五、六枚の皿を受け取りクロエの前に置いた。

クロエは首を振った。もうすでにほろ酔い気分。これ以上酔ってしまっては、今夜こそと覚悟を決めたのに、マリサとのことを問いただせなくなってしまいそうだ。

急に音楽のテンポが上がった。するとそれと同時に立ち上がった客たちが、ダンスフロアめがけていっせいに皿を投げだした。踊り手たちはそしらぬ顔でステップを踏み続けている。

「ねえ、これはいったいどういうことなの?」クロエは驚いて尋ねた。

「ああして皿を投げるのは、踊り手に対する称賛のしるしなんだ。感動すればするほど、たくさん皿を投げるというわけさ。ただし、踊り手にぶつからないようにね。スペインでは闘牛士に花を投げるし、イギリスでもラグビーの試合が終わると、グラウンドに手当たりしだい、いろいろなものを投げ込むだろう。それと全く同じでね、ギリシアでは皿をほうり投げるんだ。ほらね、こうして」レオンは威勢よく皿を投げてみせた。

初めはちゅうちょしていたが、クロエもレオンのまねをして一枚、二枚と皿を投げた。踊り手たちは器用に皿の破片を避けて、平然と踊り続けている。クロエは彼らの足さばきの確かさに感心してしまった。

長い時間、見事な踊りを披露してくれた後で、踊り手たちが退場すると、クリストスがふたりのテーブルにやってきた。そしてクリストスとレオンはアテネの船会社で一緒に働いていたころのことを、かなりの間、懐かしそうに語り合っていた。しかし、レオンはずっとクロエの肩を抱いたままで、彼女が退屈しないように気を配って、時折顔をのぞき込んでは説明を加えることを忘れなかった。

「帰る前に踊り手たちにぜひ会っていってくれ」クリストスに案内されて楽屋へ行くと、レオンとクロエは若い踊り手たちに心からの賛辞を送った。

「レオン、きみが名付け親になってくれた子供たちの顔も見ていってくれよ」クリストスに熱心に促され、ふたりはホテルの上の階にある彼の住まいを訪ねた。気だてのよさそうな妻と、眠そうに目をこすりながらベッドから起き出してきたかわいい子供たち。見るからに幸せそうな家庭だった。

「レオン、星がひとつも出てないぞ。なんだか不吉な予感がするなあ。気温も急に下がったようだし……」港までみずから車を運転して送ってきたクリストスは、何げなく振りあおいだ空を指さしながら眉を曇らした。

「これは嵐の前ぶれだ」レオンはうなずいた。

「さもなければ、はやばやとメルテミが吹くのかもしれないな。いずれにしても、気をつけて行ってくれ」

やがて、クリストスに別れを告げると、レオンは急に黙りこくった。何度か話しかけても気づかないほど、いったい何を考え込んでいるのだろう？　ヨットまでの道のりが、クロエには出かける時の何倍にも感じられた。

ひっそり静まり返ったヨットへ戻ると、ふたりは寝室へ直行した。クロエはまず大切な首飾りをはずそうとしたが、思うようにはずせずにレオンに助けを求めた。レオンはディナージャケットを脱ぎ、シャツのボタンをはずしている最中だった。クロエを抱きかかえるようにしながら、首飾りをはずす。彼の男らしい香りがクロエをそっと包み込んだ。

「はい、クロエ、はずれたよ。今夜はどうだった？　楽しかったかい？」首飾りを優しく手渡しながら、レオンはドレスからのぞいた胸の谷間に一瞬目を止めた。

「ええ、とても楽しかったわ」妖《あや》しい影が宿ったグレーの瞳をクロエはそっと見つめ返した。

外で嵐が起こったのか、心の中に起こったのか、クロエはわからなかった。あたりに火花が飛び、次の瞬間にはレオンの手がすばやくシルクのドレスをはいでいた。ふたりは激しい情熱のおもむくままに、狂おしく口づけと愛撫《あいぶ》を交わし合い、やがてもつれるようにしてベッドに倒れ込んだ。

レオンの欲望の炎はいよいよ燃えさかり、クロエの体を熱く熱く焦がしていく……。

「クロエ」

「レオン……」

甘いささやきが何度となく繰り返され、ふたりの体は今にもひとつに溶け合おうとしていた。

クロエは夢うつつの中で、耳慣れた音を聞いてふと目を開けた。が、すぐに快楽の波に押し流されて、再び目を閉じるとレオンの熱しきった体にしがみついた。

「電話だ」レオンがしゃがれた声でつぶやいた。

「鳴らしたままにしておきましょうよ」クロエが言い終わらぬ先に、レオンはもう起き上がって受話器を握っていた。

「何かあったの?」やがて引きつった表情で受話器を置いたレオンに、クロエは恐る恐るきいた。

「マリサが行方不明になった。午後散歩に出たきり、まだ戻ってこないそうだ……。総出で島じゅうを捜してくれているそうだが、こうしてはいられない、ぼくたちもすぐエオスへ帰らなければ」レオンは再び受話器を上げ、せわしなくボタンを押した。「キャプテンかい？　今からすぐエオスへ帰る。至急準備にかかってくれ。空模様が怪しいが、最新の気象予報はなんと言ってた？」

キャプテンの報告に聞き入るレオンの表情は硬い。つい数分前まで快楽を分かち合っていた時とはがらり変わって、クロエのことなどまったく眼中にないようだ。

今夜こそマリサとのことをはっきりきこうと思っていたが、もうきくまでもない。レオンの気持はこれで十分わかった。ほんの数分前まで、あれほど私に燃え上がっていながら、たった一本の電話で私の存在を忘れ去ってしまうなんて……。それほどまでにマリサのことを……？　クロエは苦々しい思いで、ローブに手を伸ばした。

「気象状況が悪いから、クロエ、きみにも手伝ってもらうことになるかもしれない。クリストスの言っていたとおり、今年はメルテミが例年よりだいぶ早く吹きだした」レオンは受話器を置くとそっけなく言った。

「危険はないの？」クロエは不安になって尋ねた。ふと少女のころ読んだ話が頭をかすめた。

古代のギリシア人たちは、海が荒れ狂うのは海の神ポセイドンの怒りのせいだと信じていた。そして、その怒りを鎮めるために乙女がいけにえとして捧《ささ》げられたという。考えてみると、自分はまさしくそれと同じいけにえなのではないだろうか。レオンとマリサの禁じられた愛のために、異教の神に捧げられた哀れないけにえ……。クロエはふと浮かんだ考えに吐き気がした。

「明日の朝まで待てないの？　みんなで捜してくれているんでしょう？　マリサだって子供ではないもの、そんなに危ないところへは行かないでしょうし……」

「きみに何がわかる！　戻るといったら戻るんだ」

一刻も早くエオスに戻り、いとしいマリサの安否を確かめたいにちがいない。強く光ったグレーの目にあせりの気持が表れていた。クロエは服を集めると、ゆっくり立ち上がった。

「クロエ……すまない、許してくれ。こうしないわけにはいかないんだよ」レオンはつぶやくように言った。

クロエはなぜか自分の意思とは反対に、こっくりうなずいてみせた。レオンは何を許してほしいというのだろうか？　マリサへの思いを断ち切れない自分を許してほしいのかしら……。禁じられた愛の犠牲となっていることに、ひたすら耐えよとでもいうのだろうか……。クロエはやりきれない思いに胸が締めつけられそうだった。

でも、考えてみると、兄が行方不明になった妹の安否を気づかうのは当然のことだわ。レオンの行動をすべて悪いほうばかりに解釈して、私はいつのまにかなんでもないことにまで疑いを抱くようになっていたのかもしれない……。レオンを信じよう。あれほど激しく私を求めた、あのレオンの情熱は偽りのはずはないもの。

「私、服を着てきます」思い直したクロエは明るい声で言った。

「よし。それではぼくはデッキに上がる。クロエ、覚悟してくれ、今夜は長い夜になるからね」緊張した顔にかすかに笑みを浮かべ、レオンは足早に出ていった。

レオン、私はあなたを信じているわ……。クロエは祈るように目を閉じた。

9

このヨットがエオスに着くまでに、どうかすべてがうまく解決していますように。取り越し苦労だったといって、今までの悩みや心配をことごとく笑い飛ばすことができますように……。クロエはそう念じながら、手早くジーンズと動きやすそうなブラウスを着て、デッキへ上がった。

冷たい風が髪を乱す。クロエは頼りない足どりでレオンに近づいた。レオンは手を差しのべほほ笑んでみせはしたが、神経はかたわらのキャプテンの話に集中しているようだった。

「天気図と海図を照らし合わせてみましたが、幸いなことに最悪の箇所は通らずにすみ……」キャプテンの声を突風がかき消した。

「クロエ、きみはキャビンに下りていなさい。少なくともここより暖かいし、濡《ぬ》れずにすむから。さあ、早く行きなさい。ぼくはキャプテンとここに残る」有無を言わせぬ言いかただった。

一緒にキャビンにいてほしいの。クロエはのどまで出かかった言葉をのみ込んだ。そして、早くも荒い波に洗われだしたデッキを注意深く歩いてキャビンへ引き取った。

初めのうちは室内をうろうろ歩き回っているだけだったが、やがて落ち着こうとして、クロエは書棚にあったギリシア神話を手に取った。腰を下ろし活字を追う。しかし、つい今しがた心の隅に押しやったばかりなのにレオンとマリサのことが去来して、どうしても集中できない。デッキに駆け戻り、マリサとのことを問いただそうかしら。クロエは何度も衝動に駆られたが、そのたびにプライドにかろうじて引き止められた。

突然、ドアの取っ手が動き、クロエは反射的に立ち上がった。レオンだわ！　沈んでいた心が一気に浮き立った。が、入ってきたのは残念ながら、コーヒーを運んできたスチュワードだった。

クロエは礼を言い、再び腰を下ろした。レオンもコーヒーを飲みながらひと息入れているところかもしれないわ。クロエはデッキへ上がっていきたくなった。しかし、ふと目に入った舷窓《げんそう》のガラスを、波がものすごい勢いで洗っていくのを見て、しぶしぶ思いとどまった。

イオスを発《た》って四時間後、ヨットはようやくエオスの船着き場に近づいた。

「スピロがジープを用意して待っている。きみをヴィラに降ろしてから……」キャビンへ下りてくるなりレオンは言った。

「マリサはまだ見つかっていないのね？」クロエは眉をひそめた。

レオンはそっけなくうなずいた。

「レオン、お願い、私も一緒に行かせて」クロエは真剣に頼んだ。マリサのことよりも、レオンのよそよそしさが気にかかる。

「だめだ。きみはこの島のことを知らないからそんな簡単に言うが、危なくてとてもきみを連れてなんか行けないよ。行けば危険な目にあうだけだ」レオンはしゃがれ声で言った。

クロエは顔をそむけた。私を連れていかないのはたぶんマリサの気持を考えてのことだわ。それほどまでにマリサのことを……。嫉妬《しっと》がクロエの心をかき乱し、悔し涙がこみ上げてきた。しかし、クロエは必死に涙をこらえ、レオンに笑顔を向けた。マリサの安否が気づかわれているこの差し迫った状況で、涙を見せるほど自分は子供っぽくはないつもりだった。

「よし、いい子だ」クロエの唇にすばやくキスをして、レオンはクルーたちがいる方へ姿を消した……。

「早急にピレエフスの港に避難するように言ってきたんだ。嵐《あらし》になると、この船着き場では頼りないからね」ほどなく接岸したヨットのタラップを先に立って降りながら、レオンはクロエに言った。

冷たい雨が容赦なく吹きつける。クロエは早くも濡れねずみになっていたが、あえて訴えようとはしなかった。後になって、やきもちをやいてレオンが捜しに行く邪魔をしたと思われるのはいやだ。

レオンはクロエをジープの後ろの席に座らせ、自分は助手席に着いた。まもなくスピロがハンドルを握りながらマリサの捜索状況を克明に報告しだした。熱心に耳を傾けているレオンの真剣な表情は見る間に険しくなっていく。クロエは幌《ほろ》のない固い座席で雨にたたかれながら、ひとり冷えきった体を小刻みに震わせていた。

「ペトロスが見かけた時には崖《がけ》の方へ向かっていたんだね?」レオンはスピロに念を押した。

「はい。でもそのあたりにはマリサさまはいらっしゃいませんでした。崖もビーチも丹念に捜しましたが……」スピロは眉を曇らした。

ジープがヴィラの前へ着くと、クロエは先を急ぐレオンのために少しでも早く降りようとして、自分でドアを開けようとした。だが手がかじかんでいて言うことを聞かない。それで結局レオンの手を借りてジープを降りた。

クロエは寒くてしかたのないことなどおくびにも出さずに、そのままひとりで部屋へ戻るつもりで歩きだした。ところがレオンに腕をつかまれ、引きずられるようにして部屋まで連れていかれた。

レオンは蹴《け》とばすようにしてドアを閉めるとクロエをベッドに座らせ、そしてすぐにバスルームへ消えた。私のことなどかまわず早く行って……。大声で言おうとした。が、ちょうどレオンが戻ってきてずぶ濡れのブラウスを引っぱり上げたために、口がふさがれて何も言えなかった。

「クロエ、かわいそうに。寒かっただろう？　ごめんよ、きみが薄着なのに気づかなかったなんて……。そういえば、ヨットには厚手のものは一枚も運んでいっていなかったね……」バスルームから取ってきた大きなタオルでクロエの体を包み込むと、レオンはその上から力いっぱいさすり始めた。

冷えきっていた肌がしだいにぬくもりを取り戻すにつれ、イオスでの熱い愛撫《あいぶ》の感触がよみがえってきた。ぴくり、とひとりでにクロエの体が震えた。レオンの手が止まり、タオルがはらりと落ちた。

「クロエ……」

ふたりはやにわに激しく抱き合い、そして唇をむさぼり合った。

「クロエ、ごめんよ」レオンはしゃがれた声で言うと、首にからませたクロエの腕をそっと振りほどいた。「きみとこうしていたいのはやまやまだが、今はどうしても行かねばならない」黙って背を向けたクロエを残し、レオンはそそくさと部屋を出ていった。

やがて、ゆっくり入浴を終えたクロエは、バスルームのドアの向こうに人の気配を感じ、ローブ姿で寝室をのぞいた。ジーナがテーブルの上にお盆を置いていた。

「だんなさまのお言いつけで熱いスープとパンをお持ちしたところです」ジーナは窓の外の闇《やみ》に一瞬目を凝らすと、勢いよくカーテンを引いた。「メルテミがこうしていつもの年より早く吹く時には、必ず何か悪いことが起こるんです」ジーナは小柄な体を震わした。

「ですからマリサさまにも今日は外へお出になるのはおやめくださいと申し上げたのに……。マリサさまは耳を貸そうともなさらず、まるで何かにつかれたように出ていってしまいになりました。まちがいなくメルテミがマリサさまをおびき出していったんです。メルテミは怨霊《おんりょう》が人間を呼び寄せる声だという言い伝えもあって、ついその声につられてふらふら行ってしまうと命を取られ……」

「ばかばかしい！　やめてちょうだい、そんな話」クロエは思わずきつく言ってしまってから、はっとしてジーナを見つめた。まだ幼顔の残るこの純朴な島娘はこういう話を聞かされて大きくなったにちがいない。「ごめんなさいね、ジーナ。なんだか私もそのメルテミとかいう風のせいでおかしくなってしまったみたいよ」クロエは優しくほほ笑んでみせた。

「すみません。つまらないおしゃべりをしてしまって……。どうぞ安心しておやすみください。マリサさまも、だんなさまも、きっと無事にお戻りになられますから」ジーナはあどけない笑顔を残して下がっていった。

夜明け間近、ドアの外が急に騒がしくなってクロエははっとして飛び起きた。一瞬、もしや、という期待が心をよぎり、かたわらの枕《まくら》に目をやったが、レオンが戻ってきて寝たような形跡はどこにもない。急に不安が襲ってきた。クロエは夢中でスリッパをはいてドアに駆け寄った。

廊下で話していたのはスピロとジーナだった。ふたりの表情から、悪い知らせであることはすぐに察しがついた。

「主、主人の身に何かあったの?」

「いいえ、だんなさまはちゃんとしておいでですが、マリサさまのほうが……」スピロは言葉を濁した。

「まだ見つからないの?」

「いいえ、見つかったことは見つかったのですが、ご容体があまり……。崖の下の海の水がかなりたまったほら穴の中で発見されたのです。だんなさまがみずからロープをつたって下りていかれ、そのしばらく後で数人がかりでおふたりを引き上げました。長いこと水びたしの暗いほら穴の中に、たったひとりでいらして、マリサさまはさぞ心細くお思いだったことでしょう。憔悴《しょうすい》しきっておしまいになったのも無理はありません」スピロはいたわしそうに言った。

「それで今、主人はどこにいるの?」言い終わるか終わらぬうちに、ホールでレオンの声がした。

クロエは夢中で駆けだし、階段の下り口からホールを見下ろした。レオンの薄汚れた顔には疲労が色濃くにじんでいたが、たくましい両腕はマリサの体をしっかり抱きかかえていた。あの腕でさっきはあれほど強く私を抱きしめていたのに……。クロエの胸は嫉妬で今にも張り裂けそうだった。しかし、やがて自分を見上げたレオンの目の中に、一瞬ではあったが愛情と優しさを感じ取ると、一転してクロエはうれしさに心をときめかした。

ところが、それはほんのつかのまの喜びにすぎなかった。

「クロエ……」

「いや！　いやよ、レオン。私のそばを離れないで！」レオンがクロエに話しかけたとたん、マリサは鋭い声で叫んで、レオンの肩に死にもの狂いでしがみついた。

マリサのスカートは汚れ、あちらこちらが破れていた。そして血の気の失《う》せた肌には何箇所も打った跡がある。

「よしよし、マリサ、安心しなさい。ぼくはどこへも行きやしないから」レオンは小さな子供をあやすようにマリサをなだめた。「クロエ、至急バッグに着るものを詰めてくれ、きみとマリサ、両方の分だ。すぐにマリサをアテネの病院へ運びたい。ヘリコプターを用意させているが、きみはどのくらいでしたくできる？」

「五分以内に」マリサの憎々しげな視線を無視してクロエはきっぱり答えた。とにかく早くマリサを医者の手に渡すことだ。渡しさえすれば、レオンも落ち着いて私と話をしてくれるだろう。

ちょうど五分後、クロエは言われたとおりしたくを整え、ジーンズに厚手のトレーナー姿でホールへ下りた。スピロが待っていて、レオンとマリサはすでにヘリコプターの中だと告げる。クロエは急いで行った。レオンの隣の席に乗り込むと、後ろの座席からマリサの寝息が聞こえてきた。見るとぐったり横になって眠っていた。

「マリサから目を離さないでくれ。ドクター・リヴァノスに電話できいて今鎮静剤を打ったところだ。病院に着くまで効いているそうだが、クロエ、よろしく頼んだよ」操縦席のレオンはせわしなく言った。

「スピロから聞いたんだけれど……崖下のほら穴の中にいたんですってね」十分後、ヘリコプターが広い海の上へ出ると、クロエはおずおず話しかけた。空にはまだ黒いちぎれ雲が残っているが、ゆうべあれほど荒れ狂った海面はだいぶ穏やかさを取り戻していた。

「ああ」レオンはいかにも操縦に気を取られているようなふりをして、ひと言答えただけで口をつぐんだ。

「でも……いったいどうしてそんなところまで行ったのかしら？」レオンの不機嫌な顔を無視してクロエは続けた。「崖を自分で下りたのかしら、それとも崖の縁を歩いていてうっかり足でも滑らせたのかしら……」

「さあね、ぼくにはどちらだかわからんよ。とにかく早く助け出すことに夢中だったからね、そんなことを考えている暇なんかなかったのさ」とレオンはそっけない。「ぼくが行った時にはほら穴の入口は海の水に隠れてとっくに見えなくなっていた。おそらく気づかないうちに潮位が上がって、マリサは出るに出られなくなったのだろう。幸いなことに岩棚を見つけて、それに必死にしがみついていたよ。だが、もしもスピロが崖の途中の木の枝に引っかかっているジャケットに気づかなかったら、マリサは十中八九、助かっていなかっただろうな。クロエ、あと一時間ほどでアテネだ。先にきみをアパートメントへ送ってからマリサを病院へ連れていくからね」

クロエを避けたがっているような言いかただった。クロエはわだかまりを感じた。

アテネ空港へ着くと、レオンの会社の社員が待ちかまえていて、三人を車に乗せるとまたたくまに空港を後にした。これほどスムーズにことが運ぶのはレオンに巨万の富と絶大な力があればこそだ。やがて、レオンの指示どおりにクロエをアパートメントの前で降ろすと、車は猛スピードで走り去った。

新婚時代の数カ月を過ごしたアパートメント。クロエはゆっくりと部屋をひとつずつ見て回りながら、よみがえってくるさまざまな思い出に浸っていた。しかし、あの運命の日、マリサがレオンとのおぞましい関係を告白した日のことだけは絶対に思い出したくなかった。

マリサ……。彼女のために私はどれほどいやな思いをさせられてきたことだろう。そうだ、マリサのことなんだわ！　ヘリコプターの中でレオンが多くを語ろうとしなかったのも、こうしてわざわざ私をひとりここに残して病院へ急いだのも、きっとマリサに関することで、私に知られたくないことがあるからなんだわ……。クロエはしばらくの間、あれこれ想像を巡らせていたが、やがてみずからを戒め妄想を振り払った。

レオンは夕方近くひとりで戻ってきた。そしてドクター・リヴァノスの勧めに従って、様子を見るためにマリサをひと晩入院させてきたと報告した。

「マリサはどうしてひとりきりで散歩に出る気になったのかしら。私、いまだに不思議でならないわ」応接間でくつろぎながら、クロエはおもむろに話しだした。

レオンは片方の手にウイスキーのグラスを持って、向かい側のソファに深々と身を沈めている。疲れが出たのだろう。さっきからずっと目をつぶったままだ。

「マリサって散歩好きな人だったかしら……」

「それがどうかしたかい？」レオンは突然目を開け、とげとげしくきき返した。

「いいえ、別に。ただ、どうだったかしらとちょっと思っただけよ」クロエは軽く受け流した。「ところで、レオン、あなたにきいておきたいことがあるの……」今はその時ではないという思いが一瞬脳裏をかすめたが、クロエは思いきって言葉を続けた。「レオン、あなたは私とふたりで力を合わせて、子供たちのために健全な家庭を築いていくことを望んでいるのよね。そうだとしたら、私、どうしてもあなたに確かめておかなくてはいけないことがあるの」

レオンは沈黙し、再び目を閉じてソファの背にもたれかかったまま動こうともしない。

「今こういう話を持ち出すべきではないかもしれないけれど、私、どうしてもきいておきたいの……。レオン、あなたはマリサのことをどうするつもりでいるの?」とクロエは静かに言ってうつむいた。

レオンは依然として押し黙ったままだ。気まずい沈黙を打ち破ろうとして、クロエは勇気を奮って顔を上げた。ちょうどその時、レオンの手からグラスが床に滑り落ち鈍い音をたてた。

「レオン!」とっさに立ち上がりレオンに駆け寄ったクロエは、たちまち沈黙のわけを悟って、こみ上げてくる笑いを必死にこらえた。居眠りをしていたのではクロエの問いに答えようにも答えられるはずはない。

クロエは足音を忍ばせて寝室へ行き、キルトを取ってくるとそっとレオンの体に掛けた。気持よさそうに眠っているレオンが、たまらないほどいとおしい。しばらく寝顔を見守っていた後で、クロエはそっとドアを閉めホールへ出ていった。

何本か電話が入った。最初はエオスから。クロエはすべて順調にいっているからと言って心配そうなスピロを安心させた。その後の電話はレオンの仕事関係の知人たちからで、どれもこれもマリサの入院への見舞いだった。クロエは立てつづけに鳴る電話に少々うんざりしながら、ニュースの伝わる早さになかば驚きなかばあきれていた。

「もしもし、クロエ?」九時近くにマダム・クリティコスが電話してきた。「あなた、まだ私の忠告に従っていないようね。遠慮などしていないで早く彼女を追い出しておしまいなさいよ。そうしないとそのうちとんでもないことになりますよ。あの娘《こ》は恩知らずなんですからね」

心からレオンと私のことを心配してくれている。クロエにはマダム・クリティコスの言葉が身にしみてうれしかった。

おとぎ話のように、どこからか優しいおばあさんが現れて、私を手助けしてくれるといいのに……。受話器を置くと、マリサをどうすることもできない自分を歯がゆく思う一方で、クロエはマダム・クリティコスとおとぎ話のおばあさんとをなんとなく思い合わせ、思わず苦笑してしまった。

十時になった。クロエは応接間へレオンの様子を見に戻り、ソファのわきにかがみ込んでそっとキルトの端をつまみ上げた。

「クロエかい?　キルトを掛けてくれてありがとう。だが夫をソファに寝かすなんて、いったいどういう了見だ」レオンは少し前に目を覚まし、クロエのしたことに腹を立てていたらしい。

「私があなたをここに寝かせたわけではないわ。あなたが勝手に寝てしまったんじゃないの！」心外なことを言われ、クロエは思わず乱暴に言い返してしまった。

「ほう、そうかい。それにしてもずいぶん勇ましい口をきくようになったものだな」

「私はただ……あなたがとても疲れている様子だったから、そっとしておいてあげたかっただけなのに……」

「ああ、確かにくたくたで二階へなんか上がれそうもない。クロエ、悪いがついでに服も脱がせてくれないか？　ボタンをはずすのもおっくうだから」一転しておとなしい口調で言ったかと思うと、レオンはやにわにクロエを抱き寄せた。「どうだい、ぼくの奥さん、言うことを聞いてくれるかい？」

「しかたないわね」クロエは落ち着き払って答えてみせた。が、シャツのボタンを順々にはずしていく手は小刻みに震えていた。

「ああ、ぼくのクロエ！」レオンはきつく抱きしめるなり、唇をむさぼった。

「レオン、やめてちょうだい。メイドにでも見られたら恥ずかしいわ」

レオンはクロエが抗議するのも聞かず、器用な手つきで服を脱がせた。「クロエ、きみが欲しいんだ、いいだろう？」耳もとで低くささやくレオン……。クロエは答える間もなく全身にレオンの重みを感じ、われを忘れてしがみついた。その瞬間……。

「レオン！」背後の声に、レオンは素早く体を離すと、床にずり落ちていたキルトでクロエの体を覆った。すぐさま身を起こしたクロエの目に映ったのは、病院にいるはずのマリサの姿だった。

「レオン、よくも……」マリサの青ざめた顔が引きつった。「私をほったらかしてこんな女《ひと》と……。あれほどそばにいてって頼んだじゃないの！」

「黙るんだ、マリサ、それ以上言うんじゃない」レオンが厳しく制したのと同時に、マリサは踵《きびす》を返して走りだした。「待て、マリサ、待つんだ！」レオンはあたふたと服を着ると、マリサの後を追って二階へ上がっていった。

ひとり取り残されたクロエは、重い足を引きずるようにして寝室へ戻った。私は優しいひと言を待っていたのに……。レオンはマリサに突然踏み込まれたショックから立ち直れないでいる妻を顧みようともせず、マリサのほうを心配してそそくさと飛び出していってしまった。鋭く切り裂かれた心の痛手を、温かい腕の中でそっといやしてほしかったのに……。今ごろレオンはなんと言ってマリサをなだめているのかしら。冷たいベッドに横たわりながら、クロエはひとり苦い思いを噛《か》みしめていた。

「マリサは大丈夫なの？」一時間ほどして戻ってきたレオンに、クロエはつとめて平静を装った。

「ああ、なんとかね。マリサは無断で病院を抜け出してきたんだ。だがあのヒステリー状態で病院へ帰すわけにはいかないから、ドクター・リヴァノスに電話を入れて、今夜はこのままここで寝かせることにしたよ。やれやれ疲れた。まったくひどい目にあった」レオンは首すじをもみほぐした。

「レオン、はっきり聞かせてくださらない？　あなたはマリサのこと……」思わず言葉が口をついて出た。

「クロエ、頼むよ、その話は明日にしてくれ。もうだめだ、寝かせてくれ」レオンはそう言ったかと思うとすぐにベッドに倒れ込み、見ている間に寝入ってしまった。

私はいったい何を信じたらいいのかしら。レオンの腕の中にいる時には、ほかのことはすべて取るにたらないような気がするわ。今まではレオンに抱かれるたびに不安や怒りをごまかしてきたけれど、一生自分をごまかしとおせるとは思えない……。それに、そういうまやかしの人生は送りたくないわ。レオンの寝息を聞きながら、クロエは長いこと真剣に考え込んでいた。

ふと眠りから目を覚ますと横にいるはずのレオンがいない。クロエは起き上がって薄暗い室内に目を凝らしてみたが、やはりレオンはいなかった。時計を見ると午前三時。言いようのない胸騒ぎがして、クロエはベッドを抜け出すと夢遊病者のように歩きだした。

ドアを開け暗い廊下へ。マリサの部屋のドアのすき間からかすかに光がもれている。クロエは息を殺し、ゆっくりと近づいた。すると中から何やらひそひそ話す声が……。次の瞬間、悪夢に取りつかれたかのように、クロエは乱暴にドアを押し開けていた。

クロエの目に、ネグリジェ姿のマリサを抱きかかえているレオンの後ろ姿が飛び込んできた。ベッドサイドのランプの淡い光にマリサの体の線が透けてみえる。クロエは思わずドアの取っ手を握りしめた。今にもめまいがしそうだった。

「ねえ、レオン、約束して、いつまでも私だけを愛してくれるって。一刻も早くあの女《ひと》を追い出して、またふたりきりで暮らしましょうよ……」マリサは甘くせつない声で訴えるなり、レオンの頬にまっ赤な唇を押し当てた。

レオンが何か言いかけたが、いたたまれずにクロエは自分の部屋へ駆け戻った。

ああ、私はなんてばかだったのだろう。ロマンティックな夢を見すぎていたんだわ……。レオンが私を連れ戻したのは跡継ぎの息子が欲しいからだ。レオン自身からだけでなく、マリサからもそうはっきり言われていたのにもかかわらず、私は信じようとしなかった。信じたくないばかりに、ロマンティックな幻想を抱いて、その中に逃げ込んでいたんだわ……。バスルームに閉じこもって、クロエはさめざめと泣いた。

いつしかクロエの涙も乾き、白々と夜が明けてきたが、レオンは戻ってこなかった。レオンが愛しているのはマリサなのだ。クロエの体を求めることはあっても、レオンの心は決してマリサから離れない……。クロエは静かに自分の敗北を認めた。はたして私はこのままふたりの関係に目をつぶって、レオンの子供たちを産み育てていくことができるだろうか。かつて自分を流産させたマリサの手から、子供たちを守り抜いていけるかしら……。クロエにはもうその答えはわかっていた。

クロエがダイニングルームへ下りていくと、ビジネスーツに身を包んだレオンがコーヒーを飲んでいた。シャワーから出たばかりらしい。黒い髪が濡れている。

「今日は仕事でまる一日留守になるから、ゆうべの話はぼくが帰ってきてからでいいかい？」クロエが正面に腰を下ろすと、レオンはカップを置いておもむろに切り出した。

話ですって……？　クロエはもう少しでヒステリックに笑いだしそうになって、あわててこらえた。話のことなどすっかり忘れてしまっていた。今となってはもうきく必要はない。

「いいえ、ご心配なく。もうどうでもよくなったの」クロエは冷ややかに言い返した。「レオン、やはりあなたと一緒に暮らすことはできないわ。自分をごまかすのがつくづくいやになったの。愛情のかけらもないのに一緒にいるなんて不自然よ。情熱や欲望だけではない本当の愛情。それがなければ子供を育てる資格だってないと思うわ。レオン、私はもう決心したの」クロエはレオンの目をまっすぐ見つめた。

レオンはしばらく沈黙していたが、やがてクロエの目を見つめ返した。「きみがそういうふうに感じるのなら……」

「ええ、そうよ。もうどんなことがあってもこの決心は変わらないわ」クロエはレオンの言葉を遮った。

「わかった。これ以上話してもしかたないようだな。すぐにロンドンまでの飛行機を予約しよう。離婚手続きには少し時間がかかるかもしれないが、こちらですべて手続きをしてきみを自由にしてあげるよ」レオンは無表情に言って席を立った。

クロエは部屋へ戻り、必要なものだけをスーツケースに詰め始めた。

「あら、出ていくの？」マリサがノックもせずに入ってきた。勝ち誇った表情でスーツケースの中をのぞき込む。「さぞ残念でしょうね。でもしかたないわ、レオンが愛しているのはこの私なんだから。早くあきらめるんだわね。ゆうべだって彼はあなたの冷たいベッドから私のところへ逃げ出してきたのよ。あなたにはない、私にしかないものを彼は求めているんだわ。私は彼のすべてをわかってあげられるの。だってレオンと私には同じ血が流れているんですもの」マリサは狂ったように笑った。「私たちの関係をおぞましいと思っているんでしょうね。でもレオンは少しもそんなこと思っていなくてよ。どう悔しい？それともねたましい？　レオンと私が仲がよくって」マリサの目は異様に光っていた。

クロエはうつむいて唇を噛んだ。

午後一番のヒースロー行きの便が取れていた。クロエはいよいよ部屋を出る時になると、レオンとの暮らしを締めくくるつもりで、パールの首飾りをそっと化粧台の引きだしにしまった。初めて首につけてもらった時の感激と喜びがよみがえってきて、熱い涙がクロエの頬を濡らした。

意外なことに、レオンは空港まで送っていくと言い張って聞かなかった。私が発つのを自分の目で確かめるためかもしれないわ。そんなことをしなくても、私はロンドンへ帰るのに……。押し黙ったままハンドルを握るレオンの端整な横顔をうかがうクロエの心は寒かった。

「さよなら、クロエ」やがて空港の正面玄関の前で止めた車の外で、スーツケースと航空券を手渡すとレオンはぽつりと言った。「さよなら……。きっといつかぼくの気持がわかる日が来るさ」彼は怒りのこもった口づけを残し、車に飛び乗ると猛スピードで走り去っていった。

さよなら、レオン……永遠にさようなら。傷心を抱いたクロエはやがて機上の人となった。

10

秋も終わりに近づいたある日のこと、クロエは雇い主のルイーズ・シモンズの言いつけで、ハロッズ百貨店へ買い物に出かけた。フランス製のシルクのタイツを買うためだったが、あいにくルイーズに指定されたブランドは売り切れてしまっていた。

気の早いクリスマスの買い物客で混雑する出入口を出たところで、クロエはほっとため息をつくと腕時計に目をやった。いけない。帰る予定をだいぶ過ぎている。ルイーズが心配しているにちがいない。

帰る方向に歩きだしたとたん、クロエはうっかりミンクのコートに身を包んだ初老の婦人とぶつかってしまった。

「ごめんなさい」

「私のほうこそ……、あらまあ、クロエじゃないの！」マダム・クリティコスがうれしそうにクロエのツイードのコートのそでをつかんだ。「驚いたわ。こんなところで偶然あなたに会えるなんて！　私はこれからフォートナムへ行って、お茶でも飲みながらペストリーをいただこうかと思っていたところなの。クロエ、よかったらあなたもご一緒にいかが？　それとも何か急ぎの用事でもあるの？」

「ごめんなさい。せっかくですけれど、私、急いで仕事場へ戻らないと……」

「えっ？　仕事場？　ということはクロエ、あなた働いているの？」マダム・クリティコスは急に顔を曇らした。

「ええ。作家のルイーズ・シモンズをご存じかしら？　私、彼女の秘書をしているんです。なかなかおもしろいお仕事ですし、彼女もとても気さくないい人ですから、どうかご心配なさらないでください」クロエはさらりと言った。マダム・クリティコスはたぶん暮らしむきを案じてくれたのだろう。アテネからロンドンへ戻って以来、クロエはレオンからの送金には手をつけず、自分の暮らしはすべて自分の給料でまかなっている。しかし、それは今ここで口にしなくてもいいことだ。

「そうだったの。それを聞いて安心したわ。でも、このままお別れするのは残念ねえ。そうだわ、クロエ、お仕事が終わったらサヴォイ・ホテルへ来てくださらない？　一緒にお食事をしましょうよ。主人は今夜仕事のおつき合いがあってね、私ひとりでお食事しなくてはいけないの。あなたが来てくださったらどんなにうれしいか……。ね、クロエ、お仕事の後ならかまわないでしょう？」マダム・クリティコスは熱心に誘った。

「ええ……。それでは八時までにサヴォイ・ホテルへうかがいます」クロエは気が進まなかったが、二度も断るのは気がひけた。

タクシーでベルグラヴィアにあるルイーズのアパートメントへ戻ると、彼女は仕事部屋で最新作を読み返しているところだった。

「ねえ、クロエ、ちょっとこれを聞いて」気むずかしい顔を急に和ませると、ルイーズはそばにあった文芸雑誌を手に取った。ページをめくる指先の鮮やかなスカーレットのマニキュアがクロエの目を引いた。「いいかしら？　読むわよ。〝ルイーズ・シモンズがまたしても傑作を生み出した。練りに練られた話の展開。作者そのままのあか抜けた、そしてどこか人をはらはらさせずにはおかない妖《あや》しい魅力が随所に光る。これぞ待望のミステリーだ〟練りに練ったですって！　まったくものも言いようね。私が四苦八苦していたのを知っているものだから、からかうつもりでわざとこんなふうに！」ルイーズは肩をすくめた。

その肩ごしにページをのぞき込み批評家の名前を読み取ると、クロエは思わず吹き出しそうになってあわててこらえた。マクスウェル・ゴードン。彼とルイーズは気心の知れたよい友だちどうしだった。

「人をはらはらさせずにはおかない妖しい魅力って、もしかしたら彼からの愛のメッセージなんじゃありませんか？」

「よしてちょうだい、クロエったら。冗談じゃないわよ、あんな男《ひと》」ルイーズは大げさに眉をひそめてみせると雑誌を机の上に戻した。「あなたに手伝ってもらうようになってまだ二カ月ほどだけれど、私、こんなあけっぴろげな性格だから、あなたにはもう何もかもお見通しのようね……。でもクロエ、それに比べて私にはあなたのことがまだのみ込めていないのよ。不思議なのは、たとえば、そう、その結婚指輪。大事そうにいつもはめているにもかかわらず、まだただの一度もあなたからご主人のことを聞かせてもらってないわ。いくら別居中だからって、何か少しぐらい話すことはあるんじゃないの?」

「いいえ、お聞かせするようなことは何ひとつありません」クロエは内心うろたえながらも、きっぱり答えた。

「本当に?」ルイーズはいぶかしげにクロエの瞳をのぞき込んだ。「あなたの私生活に立ち入るつもりはさらさらないけど、時々仕事中にぼんやり窓の外をながめて、もの思いにふけっている姿を見るとね、ついつい老婆心が出ちゃってね……」ルイーズは優しく言った。

「すみません、ご心配をかけて。ルイーズ、すみませんといえば、もうひとつ、実はあのストッキング、売り切れていて買ってこられなかったんです」

「まあ、それは困ったわ。今夜ジェフリー・ルイスと大事な食事の約束があるのよ。『嘘《うそ》は死を呼ぶ』を映画化するための原作権を買ってもらえるかどうかがかかっているのよ。実は私、今ちょっとまとまったお金がいるの」ルイーズは正直に言った。

おそらく双子の息子たちの学費や何かに使うお金にちがいない。人気作家といえども、未亡人が女手ひとつでふたりの息子をお金のかかる名門校にやるのは並大抵なことではないだろう。その上さらに、人一倍子ぼんのうな彼女は亡くなった父親の分までもと思うのだろうか、せっせと小説を書いて息子たちにのびのびやりたい放題好きなことをさせていた。

「だからせいぜいおめかしして印象をよくしたいわけ。わかるでしょう？　この気持」とルイーズはつけ加えた。

「ええ。でもそれならディオールのにしたらいかがですか？　見ただけではわかりませんよ」クロエはいたずらっぽく言った。「ところでお留守の間にしておくことは？　私が買い物に行っていた間に、もしも手直しされたところがあったら早速タイプし直しておきますが……」マダム・クリティコスとの約束を断るいい口実ができればいいと、クロエは内心期待していた。

「いいえ、いいわ。今日は早くお帰りなさいよ。今週はもう二度も遅くまでつき合ってもらったし、そうでなくてもあなたこのごろずいぶんやせたみたいだもの。それに……」ルイーズは何か考え込んで言葉をのんだ。「クロエ、あなたとはまだ短いおつき合いだけど、私、あなたが大好きなの。もしも何か困っていることがあるのなら、いつでも相談にのるわよ。こんな私でよければだけどね」

「いつもあんな怖い小説を書いているかたが、人生相談なんかにのってくださるんですか?」クロエはわざとふざけてみせた。ルイーズの優しさが心にしみる。しかし、クロエにとっては過ぎ去ったことだ。つらい過去を忘れるためには、もう何も考えてはならない。

夕方、ルイーズが出かけるしたくをしに上の階の自室へ引きあげた後、クロエはしなくてもいいのに、引きだしの整理などをして居残っていた。なんでもいいから急な用事ができないかしら。そうすればマダム・クリティコスとの食事の約束を断ることができるのに……。クロエは長いことそんなことばかり思っていたが、ついに約束の時刻が近づいて、しぶしぶ仕事場を後にした。

タクシーが珍しく早く拾えて、自分の部屋へ帰るまでほんの数分しかかからなかった。クロエが間借りをしている地域は、ベルグラヴィアに比べると数段格が落ちる。が、クロエは今の自分には身分相応だと思っていた。

日もすっかり暮れて、一段と冷え込んできた。ギリシアから戻って以来、寒さに敏感になったクロエは、厚手のジャージーのドレスを着た。ドレスの黒がブロンドの髪とアメジスト色の瞳をいっそう美しく引き立てている。

七時半になった。クロエはワードローブを開け、中からクリーム色のウールのジャケットを出して着た。今のクロエにはミンクのコートは無縁のものだ。パリ時代、レオンが毛皮の段階から選んで仕立ててくれた見事なコートは、最初にアテネを出た時に置いてきたままだった。

サヴォイ・ホテルに着いたのはちょうど八時。クロエはフロントへ直行すると、マダム・クリティコスを呼んでもらった。

「クロエ！　来てくれたのね、ありがとう」マダム・クリティコスはにこやかに、クロエをレストランの奥まった席に連れていった。なかば個室のような造りだが、豪華に飾られたレストラン全体を見渡せる趣向になっている。「もしかしたら、あら、ええと、英語でなんと言いましたっけ、ちゅうちょすること……たしか何かを踏むって言うんじゃなかったかしら……？」

「二の足を踏む、ですか？」

「そうそう、それよ。二の足を踏んで来てくれないんじゃないかと思っていたのよ」

「ええ、足が重かったのは事実です。でもこうして久しぶりにお目にかかりにうかがいました」クロエは正直に言った。

「うれしいわ、本当に」マダム・クリティコスは手を伸ばし、クロエの手をそっと包み込んだ。「クロエ、あなたまだ結婚指輪をしているのね……。あなたがレオンのもとを去ったと聞いて、私ずっと心を痛めていたのよ。いいえ、クロエ、何も言わなくていいわ」話しだそうとしたクロエをそっと制すると、マダム・クリティコスは続けた。「何も言わなくていいの。今夜はあなたと久しぶりにお食事がしたかっただけなんですから。私はあなたのプライバシーに立ち入るつもりは毛頭ないわ。さて、そろそろお料理を注文しましょうね。そうそうその前に。実はね、最近ニコスが婚約したの。お相手はそれはもうとても気だてのいいお嬢さんでね、ニコスったら紹介されたとたんに気に入ってしまったらしいわ。今回こうしてロンドンへ来たのも、彼女への贈り物を買うためなの。もちろん私自身のお買い物もあるけれど！　それにしても、さすがロンドンね。すばらしいお店ばかり。どこへ行っても欲しいものばかりだわ。もっともこの寒さだけはいただけませんけどね」マダム・クリティコスは料理が出てくるまで、ひとり陽気にショッピングの話をしていた。

「マリサはね、相変わらずまだ結婚してないのよ」何げなく出た言葉だったが、ちょうどレモンをかけたかれいを口に運ぼうとしていたクロエは、思わず手を止めた。「レオンにはマリサをお嫁にやる気があるのかしら。マリサはますますわがままになる一方で、レオンの手を焼かせてばかりいるようよ。そもそもね、レオンがあんなに甘やかしたからいけないのよ。あら、クロエ、どうしたの、少しも食べていないじゃないの？」マダム・クリティコスはクロエの顔を心配そうにのぞき込んだ。「どこか具合が悪そうね。エオスで会った時に比べると、ずいぶんやせたみたいだわ……」はからずもルイーズと同じことを言った。「よけいなことを言うようだけれど、あなたにとっても、レオンにとっても、別居したことはなんのプラスにもなっていないんじゃないの？　それどころか、かえって大きなマイナスではなくて？　ついこの前レオンに会ったばかりだけれど、ずいぶんやつれた顔をしていたわ。あんな元気のないレオンを見たのは初めてよ。あなたたちご夫婦がこんなになってしまったのは、すべてマリサが悪いんだわ」マダム・クリティコスはきっぱり言った。

クロエはほとんど手つかずの皿を遠ざけると、うつむいて唇を噛《か》んだ。あふれだした涙がひと筋、青ざめた頬を伝った。

「まあ、クロエ……。ごめんなさい。あなたに悲しい思いをさせてしまって。今夜はレオンのことは口にするまいと決めていたのに……。悪かったわ、本当に。あなたはまだレオンのことを愛しているのね。そうなんでしょう？　クロエ」マダム・クリティコスはレースの縁どりのついたローンのハンカチーフをさりげなく差し出した。

あの人のことはもう忘れました。そう答えたかったが、涙がこみ上げてくるばかりで言葉にならない……。やがて、クロエは静かにうなずいた。

「何もかもみんなマリサがいけないのよ。クロエ、レオンのところへお帰りなさいな。レオンはあなたの帰りを待っているにちがいないわ」

「いいえ、待ってなんかいません！」思わず大きな声で言ってしまってから、ほかの客たちの視線に気づいて、クロエは消え入るような声でつぶやいた。「決して、待ってなんかいないわ……」急に、吐き気とめまいがした。「なんだか気分が……。ワインをいただきすぎたのかもしれません」目の前のマダム・クリティコスの顔がぼやけて見える。

「大丈夫？　念のためにホテルのお医者さまにみてもらったほうがいいわ」マダム・クリ

ティコスは熱心に勧めた。しかし、気分が悪くなったのはレオンのことで動揺した上に、濃厚な料理を食べたからにちがいない。クロエは勝手にそう決めて、マダム・クリティコスの勧めには従わなかった。幸いなことに、吐き気もめまいも、まもなくすぐにおさまった。

それ以降、マダム・クリティコスは二度とレオンの名前を口にしなかった。しかし、ほかの話をしていても、レオンの面影が何度となく心に浮かび、クロエはついに最後まで話に興ずることができなかった。

心の傷をいやそうとしている時に、なぜいつもいつも傷口を広げるようなことが起きるのかしら……。もしかしたら、この傷は永久にいえることがないのかもしれないわ。夜更け、寝じたくをしながら、クロエは自問自答した。

翌日、仕事場へ行く早々、ルイーズにヨークへ一緒に行ってほしいと言われたクロエは、少し救われた気分になった。

「週末にまで仕事をさせて悪いけど、友だちのリチャードのたっての願いでね、がらにもなく講演を引き受けちゃったのよ。長いつき合いだからどうしても断れなくて、つい……。彼が講師をしているヨーク大学で〝現代文学の功罪〟というテーマで話した後で、学生たちと討論してほしいってことなんだけど。クロエ、あなたにその原稿作りを手伝ってもらいたいの。私よりずっと上手ですもの。ＰＲ会社での訓練のおかげね。いつもいつも面倒なことばかり頼んでごめんなさいね。こんなことばかりさせられて、あなた、もとのPR会社に戻りたくなったんじゃない？　作家の秘書、そう聞くとさもすてきな仕事に思えるかもしれないけど、雑用も多いし、とにかく地味な仕事ですもの。内心こんなはずではなかったと思っているんじゃなくて？」ルイーズは率直にきいた。

「いいえ、そんなことはありません。確かに以前の仕事とはちがっていますけれど、だからといって後悔しているわけではありませんから」クロエはほほ笑んでみせた。もとの会社の話が出て、ふとデレクのことを思い出した。デレク……レオンに頼まれて、自分との友情を裏切り、平然とわなにはめた男だ。しかし、クロエの心の中にはデレクを憎む気持はもうどこにもなかった。

　週末、クロエはルイーズのおともをしてヨークへ行った。リチャード・ダヴィッドソンとメアリーは四十代なかばで、そろっておおらかな性格をした感じのよい夫婦だった。ヨークから数キロ離れた静かなところにある古い教区牧師館に、五人の子供たちと数匹の犬とポニーとで暮らしている。温かい家庭。クロエはそのほのぼのした雰囲気に浸っていた。

「食欲のない人にこんなことを手伝わせてごめんなさいね」日曜日、ランチを一緒に作りながら、メアリーはかたわらで芽キャベツをいためているクロエに言った。「でも、食が進まないのももうしばらくの辛抱よ。そのうち、今度は食べても食べてもおなかがすいてしかたなくなるわ。ああ、クロエ、もうそのへんでいいわよ。ご苦労さま！　さあさあ、そこへ腰かけて、あなたはひと休みしていてちょうだい」メアリーはフライパンを取り上げるようにして、クロエをそばにあったいすに座らせた。「クロエ、あなた、おめでたなんでしょ？　このところずいぶんやせたって、ルイーズがひどく心配そうに言うわりには、顔はふっくらしているし……。私の目に狂いはないと思うけど、どう？」そう言ってメアリーはほほ笑んだ。

おめでたですって？　そう言われてみれば、ギリシアから戻ってから一度も……。クロエは気の遠くなる思いで目を閉じた。妙に疲れやすいのも、食欲がないのも、めまいも、そしてサヴォイ・ホテルで急に催したあの吐き気も……。すべて妊娠の兆候だったことに、今の今まで気づかなかったなんて……。自分のうかつさに、クロエはあぜんとするばかりだった。

「たぶん、おっしゃるとおりだと思います」

「そうですとも。五人も子供を産んでいるのに、わからないわけないわ！　それはそうと、ルイーズから聞いたんだけど、あなた、ご主人と別居中なんですってね」メアリーは急に表情を曇らした。

「ええ。離婚することになっています」

「そうだったの……。でも考え直してみる気はないの？　おめでただってこと、気づいていなかったんでしょう？」

「ええ。でも私の気持は変わりません」クロエは静かに答えた。

ヨークからロンドンへ戻ると、クロエは早速医者へ行き検査を受けた。結果は陽性、やはり妊娠だった。クロエはルイーズに、暇を取りたいと申し出た。

「クロエ、おめでただからやめるというわけ？　そんな水くさいこと言わないでちょうだいよ。おめでただろうとなんだろうと、私のほうはかまわないんだから。というより、正直ってあなたにやめられたりしたら、私、困っちゃうわ。あなたほど有能で、しかもこれほど私と気の合う人はそう簡単には見つからないもの……。実はね、クロエ、あなたさえよければ、このアパートメントに引っ越してきてもらおうかと思っていたところだったの。夜遅くまでつき合ってもらわなくてはならない時もあるし、少なくとも通勤しなくていい分だけ確実に体が楽になるでしょう？　もちろん、これは赤ちゃんが生まれてからもよ」ルイーズらしい心のこもった引きとめかただった。

「大変ありがたいお話ですが、子供が生まれたら夜中に泣きわめいたりして、ご迷惑をおかけするのは目に見えていますから……」

「あら、かえってにぎやかでいいじゃないの。赤ちゃんの泣き声ぐらいなんでもないわ。うるさくて迷惑だなんてとんでもない話よ。私に再婚する気がなくて、息子たちはお金のことを除けばもう私の手を離れたも同然。となれば、自然私はひとり暮らしってことになるわけでしょう? 私、どうもそのひとり暮らしっていうのがねえ……」ルイーズは肩をすくめてみせた。「それはそうと、クロエ、赤ちゃんのこと、ご主人には知らせたの?」
ルイーズはさりげなくきいた。

レオンに妊娠を知らせるべきかどうか、クロエは何日も悩み続けた。レオンには知る権利がある。しかし、レオンのことだ。子供ができたと聞けば、あらゆる手段を講じて子供を取り上げようとするだろう。クロエがそれに対抗するには、法廷でレオンとマリサとの関係を洗いざらい話すしかない。だが、醜い争いはできるだけ避けたい。どうしたものかいっこうに結論の出ないまま、何回目かの朝を迎えたクロエの手もとに、一通の封書が届いた。

上等な白い封筒。裏側には法律事務所の名前と住所がいかめしい文字で印刷されている。クロエは胸騒ぎを覚えながら、近くにあったいすに腰を下ろし急いで封を切った。〈離婚手続きを進めるにつき、明日、ホテル・リッツ、一〇四号室へおいでください〉――さまざまな思いがクロエの心をよぎり、その日はまる一日仕事に身が入らなかった。

翌朝、早く目が覚めたクロエは、いつもの数倍気をつかって服を選ぶと、入念に身じたくを整えた。そして朝食をとろうとしたが、緊張しているせいで、紅茶を一杯飲むのがやっとだった。約束の時刻まではまだだいぶ時間がある。クロエはタクシーで行くのをやめにして、地下鉄を使うことにした。ハイドパークの中をゆっくり歩いていっても、約束の時刻には着けるだろう。

人影のない公園。クロエは霜の降りた落葉を踏みながらホテル・リッツをめざした。そこでは見ず知らずの弁護士が自分を待ち受けているにちがいない。自分の結婚生活にやがてピリオドが打たれようとしているかと思うと、クロエの足は自然に重くなった。

約束の時刻には少々早かったが、華やかなロビーで待つ気になれず、クロエは思いきって弁護士を訪ねることにした。

「はい、うけたまわっております。ただ今ご案内申し上げますので、どうぞこちらへ……」フロントで名前を告げたクロエを、やがてポーターが恭しくスイートルームまで案内した。

ポーターはドアをていねいにノックすると、緊張した面もちのクロエに向かって愛想よくほほ笑んでみせ、そのまますぐに下がっていった。エレヴェーターのドアが閉まり、そしてスイートルームのドアが開いた。

クロエは覚悟を決めて中へ入った。クリーム色の分厚いカーペット、黒の革張りのソファ、そしてヴェルヴェットのカーテンのかかった大きなガラス窓……。内部にすばやく目を走らせた瞬間、後ろでドアが閉まり乱暴に腕をつかまれた。

「レオン……！　なぜ？　なぜあなたがここに？」クロエは背を向けるなりドアの取っ手

に手を伸ばした。が、ドアの前にはレオンが立ちはだかっている。「どうしてこんなまねを……?」クロエは唇を震わせた。「もう十分でしょう? あれほど私を傷つけておきながら、まだほかに用があるとでもいうつもりなの?」

「ぼくはまだしたいことの半分もしていない」レオンはつぶやくように言うなり、クロエの体を抱き寄せた。「クロエ、言っておくれ、ぼくなど必要ない、ぼくのことなど愛していないと。この耳できみがそう言うのを聞いたら、ぼくはすぐにこの部屋を出ていく。そして二度ときみには連絡しないから」レオンはじっとクロエの瞳をのぞき込んだ。シャワーを浴びて間もないらしく、黒い髪はまだ濡《ぬ》れている。そして上等なシルクのシャツに包んだたくましい体からは、ほのかに石けんのにおいが漂ってくる。

「私はあなたを愛してなんかいません……」耳にかかるレオンの熱い息を意識しながら、クロエは静かに言った。

「嘘だ、きみは嘘をついている! クリスチーナ・クリティコスにはそうは言わなかったはずだ!」クロエははっとして息をのんだ。「きみの言葉が真実かどうか、こうすればすぐわかる」レオンはやにわにクロエの唇を奪った。

火のような口づけ……。クロエは抵抗しようとしたが、唇も、そして体も、早くも熱く応《こた》えていた。

「クロエ、もう一度言ってごらん、ぼくを愛していないと」涙で濡れたクロエの頬を、レオンは優しく撫《な》でた。

「言えないわ……。レオン、なんのためにこんなことを？　あなたのプライドを満足させるためなの？　それとも私を懲らしめるため？　あなたに少しでも私を思う気持が残っているのなら、お願いです、私をこのまま自由にして……」

「そんなふうに思っているのか？　クロエ、きみを思う気持があるからこそ、口づけしたんじゃないか。ああ、クロエ……クリスチーナからきみの気持を聞かされた時、ぼくがどれほど感激したかわかるかい？　きみが去っていってしまって以来、ぼくの心はまっ暗だった。寝ても覚めてもきみのことばかり考えて、ため息ばかりついて暮らしていたところに、突然希望の光が差したんだ。きみがぼくのことを愛してくれている！　クリスチーナ・クリティコスのひと言が、闇《やみ》に沈んでいたぼくを救い出してくれたのさ」レオンはクロエの額に汗のにじんだ額をそっと寄せた。「クロエ、愛している、ぼくはきみを心の底から愛しているよ」

「あなたが私を？　この私を愛しているの？」クロエはレオンの真剣な顔を見ても、とても信じられない思いだった。「レオン！　うれしいわ、とても……。でも、あなたはマリサを……」

「クロエ、その先を言うのはおよし。マリサのことはもう何も言わなくていい。おいで、こっちで座って話そう」レオンはそっとクロエを制するとソファの方へ導いた。

クロエは革張りのソファにレオンと並んで腰を下ろし、ひざの上で行儀よく両手を重ねた。

「実は昨日、マリサが息を引きとったんだ……」レオンは苦悩に満ちた声でぽつりと言った。

なんですって？　クロエは耳を疑った。まったく予期せぬ訃報《ふほう》。あまりにも強烈な衝撃に胸をつまらせながら、クロエはいつのまにかレオンを抱きしめていた。

「ありがとう、クロエ……。きみは本当に優しいんだね、ずっと前からそう思っていたけれど……」レオンは体を起こすとかすかにほほ笑んだ。「きみにいつかマリサの母親のことを話したことがあっただろう？　マリサがまだ二歳の時に亡くなったといって」

レオンの温かい腕の中にそっと抱き寄せられながら、クロエはうなずいた。レオンの力強い心臓の鼓動が頬に伝わってくる。

「あの時きみに言わなかったことがあるんだ。すべて話しておけばよかったんだが……。実は、マリサの母親はみずから命を断ったんだ。もともと少し情緒不安定なところはあったが、マリサを産んだ後、急にそれがひどくなってしまってね。おやじはそんな義母《はは》を少し神経が高ぶっているだけだと言ってかばっていたが、実際はそんななまやさしい状態ではなかった。もっとずっと悪かったんだよ」レオンの声は沈んでいる。「そしてついに二歳のマリサを残して入水自殺してしまった……。やがてその義母を追うようにしておやじもあの世へ行ってしまったが、おやじは今はのきわまでマリサが母親の悪い血を引いていやしないかと、それぱかり心配していた。そして、自分に代わってマリサの面倒をみてやってくれ、くれぐれもよろしく頼むと言った……」

レオンは深いため息をもらした。

「幸いにもマリサはその血を引かずにすんだ。ぼくはずっとそう思って安心していた。もちろん、時々かんしゃくを起こしたりふくれたりはしたが、そんなことはマリサにかぎらず若い娘にはよくあることだからね。むしろ油断していたと言ったほうが正しいかもしれない。きみと結婚した後も、流産したのはマリサに突き落とされたせいだときみが訴えた時でさえ、ぼくはマリサの精神状態に注意を払おうとしなかったんだから……。もしかしたらおぞましい真実を直視する勇気がなかったのかもしれないよ……。きみたちが仲が悪いのは、お互いに張り合ったりやきもちをやいたりしているからだろう。そんなふうに軽く考えていたぼくが悪かったんだ。クロエ、当時のきみは幼かったからね。だがきみを見たとたん、すっかり心を奪われてしまったぼくは、きみの幼さを承知の上でプロポーズしたんだ。そしてさらうようにして結婚したのは、かわいいきみをほかの男に奪われたくない一心からだった。強引すぎるのは承知していた。が、ぼくの激しい思いをすぐにわかってもらえなくてもよかったんだ。月日を重ね、年を重ねていくうちに、必ずぼくの愛をわかってもらえると固く信じていたからね」レオンはクロエの瞳を見つめながら力なくほほ笑んだ。

クロエにはレオンの告白が意外だった。いつも自信満々に見えるレオンにそんな気弱な一面があったとは……。自分のほうが先に夢中になったとばかり思っていたのに、レオンも初めて会った時から私のことを好きになってくれていたなんて……。クロエはとてもうれしかった。

「きみが病院を抜け出してイギリスへ帰ってしまった時、ぼくはきみの冷酷な仕打ちを恨みながらも、同時に自分のいたらなさが情けなかった。本当はすぐにきみの後を追いたかったんだが、プライドが邪魔してね……。しかし、長い間きみを思ってひとり悶々《もんもん》と暮らすうちに、ついにそんなことを言ってはいられなくなり、なりふりかまわずきみを連れ戻すことにしたんだよ。デレクという青年には気の毒な役目をさせてしまったがね、ああするしかなかったんだ。ぼくはどうしてもきみを取り戻したかった。きみが必要だったんだよ」

クロエの肩に回したレオンの手に力が入った。

「クロエはぼくの子供の生命を奪った女だ。だからぼくにはその償いをさせる当然の権利があるはずだ。強引な方法できみを連れ戻すのが後ろめたかったから、ぼくは自分をごまかすために常にそう言い聞かせていた。だがクロエ、きみが欲しかっただけなんだ。きみがぼくと結婚したのは財産めあてだ、とマリサに言われた時のショックは、並大抵ではなかった。しばらくの間、何も手につかなかったよ。ぼくもきみも、マリサにたやすくだまされたわけだが、お互い心の内を見せ合わなかったからかもしれないね……」

レオンはしみじみ言った。

「今になって思えば、ぼくはマリサの気持も十分わかっていなかったようだ。きみが最初にイギリスへ戻った後、マリサは一時妙にはしゃいでいたが、しだいにおとなしくなった。落ち着いて生活する様子から判断して、ぼくはマリサに合う心の優しい男性を見つけて結婚させようと思うようになった。マリサはやはりきみに対する嫉妬《しっと》に狂っていただけだったんだ。そう勝手に決め込んでね……。それでニコス・クリティコスをマリサに引き合わせたんだよ。ニコスは気持の優しい、本当にいい青年だからね。だが、マリサは結婚など少しも望んでいなかった。ぼくはマリサの気持を逆撫でするようなことをしてしまったわけだ。エオスでマリサがとった常軌を逸した行動。クロエ、きみも覚えているだろう？あの時以来、ぼくはマリサのことを真剣に心配するようになった。だからこそ、彼女が散歩に出たきり行方不明になったという知らせを受けるやいなや、すぐにエオスへ戻ることに決めたんだよ……。あの時ぼくはすでにマリサの精神が正常でないことは冷静に認めていた。だが、まさかぼくと特別な関係だなどと、きみにまことしやかに吹き込んでいようとは、夢にも思っていなかった。きみとヨットでエオスを発《た》つ前、ぼくはマリサにきみともう一度やり直してみるつもりでいることを話した。彼女は何やかやとありったけ文句をつけたが、その時ぼくの目には少し興奮している程度にしか映らなかった。だからひと安心して出かけたんだ。そんなわけだから、行方不明になったという知らせも初めは単純に言葉どおりにしか受け取らなかった。しかし、崖《がけ》の途中の岩に引っかかっている彼女のジャケットを見た瞬間、ぼくははっとして、マリサがわざと行方不明になったことに気づいた。いかにも目印になるような目立つ場所にかかっていたからね。あの一件はぼくの注意をきみからそらし、自分の方に向けるために、マリサが仕組んだ芝居だったんだよ。だが、クロエ、そうとわかってもなお、彼女がなぜそんなことまでする気になったのか、ぼくにはどうしてもわからなかった」

レオンはため息をついた。

「きみが再びイギリスへ帰ると言いだした時、マリサの狂気にさんざん振り回された直後で、ぼくには彼女の病的な精神状態を説明する気力がなかった。それにきみの思いつめた顔を見たら無理に引き止めてはいけないような気になってしまってね……。だから黙ってきみを行かせてしまったんだが、その後は暗い日々の連続だった。だから、クリスチーナ・クリティコスから、きみとロンドンでばったり会い、きみがまだぼくのことを愛していると言っていたと聞かされた時、ぼくは本当に感激した。ところがだ、早速ロンドンへ飛んできみを連れて帰ってくると、マリサに伝えたとたん、マリサは狂乱状態になり、そんなことをしたら自殺すると大声で泣きわめいた。あまりのすごさに手を焼いて、ぼくはドクター・リヴァノスに電話でどうしたものか指示をあおいだ。するとドクター・リヴァノスは即座にかなり重度の精神障害の恐れがあると判断を下したらしく、すぐにでも入院させ検査を受けるようにと熱心に勧めた。ぼくはだますようにしてマリサを病院へ連れていった。しかし、ちょうど急な仕事が入ってアテネを留守にした間に、マリサは看護師の目を盗んで病院を抜け出した。そして病院の門の前で、ちょうど猛スピードで走ってきた車と……。もしかしたらぼくに言ったとおり、自殺しようとしたのかもしれない……。いずれにしても、急を聞いて駆けつけた時にはすでに危篤状態で、かわいそうに虫の息だった。たぶん本人も死を覚悟していたにちがいない。ぼくの手をしっかり握りしめながら、すべてを正直に告白したんだ。きみを階段から突き落として流産させたことや、あたかも自分とぼくが特別な関係にあるようにきみに話したことも……。ぼくには、きみがぼくと結婚したのは財産めあてだなどと言い、きみには、ぼくがきみを妻に迎えたのは、兄と腹違いの妹の禁じられた愛をごまかすためだなどと言ったんだそうだね。たいした知能犯だ。だが、それにうまうま引っかかるとは、ぼくはなんておろかだったんだろう。プライドばかり気にして、きみに心の内を明かさずにいたばかりに……。それにしても、ぼくの子供を宿したきみに嫉妬するあまり、きみを階段から突き落としたという告白はショックだったよ。ぼくを愛するがゆえにしたことだと、マリサは涙を浮かべて訴えたが、愛だなんて、とんでもない思い違いだ。確かにぼくはマリサを愛していた。しかし、それはもちろん妹としてだ……。マリサは愛の幻に取りつかれていたんだよ。きっと病気がそうさせたにちがいない」レオンは眉を曇らした。

「あなたが私を連れ戻したのは、跡継ぎの息子が欲しいからにすぎない。マリサは何度もそう言ったわ。あなたにもそんな言いかたをされたし……。私はね、あなたにマリサとの関係を清算するって誓ってほしかったの。でも勇気がなくて言いだせなかった……」クロエは初めて口を開いた。

「クロエ、もちろん子供は欲しいさ。ぼくたちふたりの愛の結晶をね。だが、ぼくが欲しいのは、何よりも、クロエ、きみなんだよ。跡継ぎの息子を産んでもらうなどと高圧的に言ったのは、本当は子供さえできれば二度とぼくのもとを離れはしないだろうと考えたから」レオンは両手でそっとクロエの頬を包んだ。「きみをアテネ空港に送った時のぼくの苦しい胸の内がきみにわかるかい？　何も言わず黙ってきみを行かせることがどんなにつらかったか……。クロエ、今ならもうわかってもらえるだろう？」

クロエはゆっくりとうなずいた。「レオン、マリサは絶対自殺したんじゃないわ、運悪く事故にあってしまったのよ。かわいそうにね、本当に……。一緒に冥福《めいふく》を祈りましょう。そしてあなたへの愛の幻に取りつかれていたマリサではなく、あなたが心から愛した、私たちの妹のマリサをいつまでも覚えていましょうね」

「クロエ、ぼくと一緒にギリシアへ帰ってくれるんだね？」

「ええ。だめだと言われてもついていくわ。本当はずっとあなたが迎えに来てくださるのを待っていたんですもの」クロエはそっとほほ笑みかけた。

「ありがとう、クロエ。きみは本当に優しいね。愛しているよ、心から。誤解も不安も、すべてもう過去のことだ。不幸を乗り越えてこれからはふたりで力を合わせて幸せに生きていこう。明日はきみとぼくのために、輝かしい夜明けが訪れるにちがいない。クロエ、ぼくたちの永遠の愛の夜明けだよ……」

レオンとクロエは激しく唇を重ねた。

●本書は、1986年10月に小社より刊行された作品を文庫化したものです。

危険な妹
2024年6月15日発行　第1刷

著　　者／ペニー・ジョーダン
訳　　者／常藤可子（つねふじ　よしこ）
発 行 人／鈴木幸辰
発 行 所／株式会社ハーパーコリンズ・ジャパン
東京都千代田区大手町1-5-1
電話／04-2951-2000（注文）
0570-008091（読者サービス係）
印刷・製本／中央精版印刷株式会社
表紙写真／© Shmeljov | Dreamstime.com

定価は裏表紙に表示してあります。
造本には十分注意しておりますが、乱丁（ページ順序の間違い）・落丁（本文の一部抜け落ち）がありました場合は、お取り替えいたします。ご面倒ですが、購入された書店名を明記の上、小社読者サービス係宛ご送付ください。送料小社負担にてお取り替えいたします。ただし、古書店で購入されたものについてはお取り替えできません。文章ばかりでなくデザインなども含めた本書のすべてにおいて、一部あるいは全部を無断で複写、複製することを禁じます。®とTMがついているものはHarlequin Enterprises ULCの登録商標です。

この書籍の本文は環境対応型の植物油インクを使用して印刷しています。

Printed in Japan © K.K. HarperCollins Japan 2024
ISBN978-4-596-63614-0

5月31日発売

ハーレクイン・シリーズ 6月5日刊

ハーレクイン・ロマンス

愛の激しさを知る

秘書が薬指についた嘘	マヤ・ブレイク／雪美月志音 訳
名もなきシンデレラの秘密 《純潔のシンデレラ》	ケイトリン・クルーズ／児玉みずうみ 訳
伯爵家の秘密 《伝説の名作選》	ミシェル・リード／有沢瞳子 訳
身代わり花嫁のため息 《伝説の名作選》	メイシー・イエーツ／小河紅美 訳

ハーレクイン・イマージュ

ピュアな思いに満たされる

捨てられた妻は記憶を失い	クリスティン・リマー／川合りりこ 訳
秘密の愛し子と永遠の約束 《至福の名作選》	スーザン・メイアー／飛川あゆみ 訳

ハーレクイン・マスターピース

世界に愛された作家たち
～永久不滅の銘作コレクション～

純愛の城 《特選ペニー・ジョーダン》	ペニー・ジョーダン／霜月　桂 訳

ハーレクイン・ヒストリカル・スペシャル

華やかなりし時代へ誘う

悪役公爵より愛をこめて	クリスティン・メリル／富永佐知子 訳
愛を守る者	スザーン・バークレー／平江まゆみ 訳

ハーレクイン・プレゼンツ作家シリーズ別冊

魅惑のテーマが光る極上セレクション

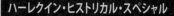

あなたが気づくまで	アマンダ・ブラウニング／霜月　桂 訳

6月14日発売

ハーレクイン・シリーズ 6月20日刊

ハーレクイン・ロマンス

愛の激しさを知る

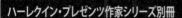

乙女が宿した日陰の天使　マヤ・ブレイク／松島なお子 訳

愛されぬ妹の生涯一度の愛
《純潔のシンデレラ》　タラ・パミー／上田なつき 訳

置き去りにされた花嫁
《伝説の名作選》　サラ・モーガン／朝戸まり 訳

嵐のように
《伝説の名作選》　キャロル・モーティマー／中原もえ 訳

ハーレクイン・イマージュ

ピュアな思いに満たされる

ロイヤル・ベビーは突然に　ケイト・ハーディ／加納亜依 訳

ストーリー・プリンセス
《至福の名作選》　レベッカ・ウインターズ／鴨井なぎ 訳

ハーレクイン・マスターピース

世界に愛された作家たち
～永久不滅の銘作コレクション～

不機嫌な教授
《ベティ・ニールズ・コレクション》　ベティ・ニールズ／神鳥奈穂子 訳

ハーレクイン・プレゼンツ作家シリーズ別冊

魅惑のテーマが光る極上セレクション

三人のメリークリスマス　エマ・ダーシー／吉田洋子 訳

ハーレクイン・スペシャル・アンソロジー

小さな愛のドラマを花束にして…

日陰の花が恋をして
《スター作家傑作選》　シャロン・サラ他／谷原めぐみ他 訳

Harlequin 45th Anniversary

祝ハーレクイン
日本創刊
45周年

大スター作家
ダイアナ・パーマーが描く

〈ワイオミングの風〉シリーズ最新作！

この子は、
彼との唯一のつながり。
いつまで隠していられるだろうか…。

秘密の命を抱きしめて

DIANA PALMER
ワイオミングの風
秘密の命を抱きしめて
ダイアナ・パーマー
平江まゆみ 訳
家も、仕事も、恋心も奪われた……。
私にはもう、おなかの子しかいない。

(PS-117)

親友の兄で社長のタイに長年片想いのエリン。
彼に頼まれて恋人を演じた流れで
純潔を捧げた直後、
無実の罪でタイに解雇され、町を出た。
彼の子を宿したことを告げずに。

6/20刊

DIANA PALMER